Harald Baumer

Wenn der Richter
leise quietscht

In 66 Glossen durch
die Welt der Justiz

Die Texte dieses Buches sind zwischen 1994 und 2000 in der wöchentlich erscheinenden Kolumne „Alles was Recht ist" in den Nürnberger Nachrichten veröffentlicht worden. Für die vorliegende Ausgabe wurden sie zum Teil gekürzt und leicht verändert. Dem Verlag Nürnberger Presse sei an dieser Stelle für die Abruckrechte gedankt.

Copyright © für diese Ausgabe bei Harald Baumer.

Die Fotos auf dem Umschlag zeigen den Eingang des Nürnberger Justizgebäudes.

Die Karikatur auf Seite 3 stammt von Jules Stauber, der sie uns freundlicherweise für diese Ausgabe überließ.

Druck und Vertrieb: Libri Books on Demand

ISBN 3 - 8311 - 0237- 6

Inhaltsverzeichnis

Statt eines Vorworts: eine Lüge

Gesetze, Regelungen, Verordnungen, Richtlinien, Anweisungen, Verfügungen, Erlasse. Es gibt so viele davon, dass einem glatt schwindelig werden könnte. Drei besonders gelungene Exemplare stellen wir hier vor. Die Sache hat aber einen kleinen Haken: Einer der Texte ist frei erfunden. Aber welcher nur?

HoblMstrV: Diese Abkürzung bedeutet nichts anderes als Holzblasinstrumentemachermeisterverordnung. Schließlich muss es ja irgendwo schriftlich festgelegt sein, wer hier zu Lande unter welchen Umständen ein Holzblasinstrument herstellen darf. Paragraf eins dieser Verordnung verlangt übrigens von einem Meister dieses Handwerks eine gründliche Kenntnis der Holzblasinstrumente. Wer hätte das gedacht...

RkReÜAÜG: Eine echte Perle unter den juristischen Texten. Wer etwas mehr Zeit hat, der kann auch von dem Rinderkennzeichnungs- und Rinderetikettierungsüberwachungsaufgabenübertragungsgesetz sprechen. Der Entwurf wurde im Herbst 1999 im Landtag von Mecklenburg-Vorpommern eingebracht. Einige Abgeordnete sollen in schallendes Gelächter ausgebrochen sein, als sie den Namen zum ersten Mal hörten.

LatAbRichtl: Damit ist die Laternenabstandsrichtlinie gemeint (geänderte Fassung vom 14. Juli 1996). In ihr haben Fachleute genau festgelegt, welchen Abstand die Laternen am Straßenrand im Normalfall haben sollen. Die Paragrafen eins bis vier behandeln den Abstand in dicht bewohnten Gebieten, die Paragrafen fünf bis zehn befassen sich ausführlich mit dem Ortsrand. Es folgen Ausführungsbestimmungen.

Klingen doch recht vernünftig, diese Texte. Oder etwa nicht? Die Lösung finden Sie am Ende dieses Buches. (Seite 111)

Die heiligen zwei Könige

Alles im Leben kann sich einmal rächen. Sogar die Tatsache, dass jemand im Religionsunterricht zu häufig blau gemacht hat. Vielleicht gerade an dem Tag, als die heiligen drei Könige durchgenommen wurden. Wozu solche Wissenslücken führen können, das hat ein Strafprozess vor dem Nürnberger Amtsgericht bewiesen.

Der Fall ist schnell erzählt. Eine junge Frau brauchte dringend Geld. Wenigstens ein paar Mark fürs Benzin. Sie kam auf die Idee, mit ihrem 16-jährigen Neffen als Sternsinger aufzutreten und durch ein paar Kneipen zu ziehen – in der Hoffnung, dass die Gäste nicht nur das fromme

Schauspiel genießen, sondern aus Rührung gleich auch etwas spenden würden.

Man muss nicht unbedingt ein Nachfahre von Sherlock Holmes sein, um bereits an dieser Stelle der Geschichte einen entscheidenden Fehler zu bemerken: Frau plus Neffe – das macht zwei Menschen. Zu einem Sternsinger-Auftritt gehört aber seit jeher einer mehr. Nicht ohne Grund sprechen wir von den heiligen *drei* Königen.

Noch fataler war aber etwas anderes. Die beiden hatten sich den 15. Dezember als Termin ausgesucht, wogegen im Prinzip nichts einzuwenden wäre. Außer der Tatsache, dass sie um gut drei Wochen zu früh dran waren und damit zu diesem Zeitpunkt wahrscheinlich weltweit die einzigen Sternsinger. Fundamentaltheologisch gesehen war das sehr gewagt, denn sie hätten am 15. Dezember ein Christkind besucht, das bekanntermaßen erst am 24. Dezember geboren wird.

Die Leute spendeten aber trotzdem. Rund 50 Mark kamen zusammen, ehe die Polizei das Gesangsduo festnahm. Sechs Wochen Freiheitsstrafe ohne Bewährung, so lautete das Urteil für die Anstifterin. Eines scheint sicher: Die Geschichte von den heiligen drei Königen wird sie nie mehr vergessen. Insofern handelte es sich bei dem Betrugsprozess um eine Art nachgeholten Religionsunterricht.

Vom Leitbild zum Leidbild

Es soll noch vereinzelt Menschen geben, die in der Lage sind, morgens einfach so mit ihrer Arbeit zu beginnen. Ohne ein halbes Stündlein Tanztherapie beim Betriebspsychologen und ohne eine hawaiianische Kopfhautmassage durch den Vorgesetzten. Vor allem aber ohne jedes berufliche Leitbild.

Dieses Wort ist erklärungsbedürftig. Früher wusste zum Beispiel der Schreiner von selbst, dass er zum Schreinern da ist. Er stellte während seiner Arbeitszeit froh und munter (manchmal vielleicht auch weniger froh) Stühle, Schränke, Tische usw. her. Es kam ihm nicht in den Sinn, täglich die Frage nach dem woher und wohin des Schreinerwesens zu stellen.

Heute läuft das anders. Bevor jemand an der Baustelle oder am Schreibtisch tätig wird, muss ihm erst einmal der Sinn des ganzen in Gestalt eines Leitbildes erklärt werden. Das geht etwa so: Ich bin gerne Schreiner, weil ich mit Holz arbeiten darf. Holz ist ein angenehmes und natürliches Material. Ich will mich bemühen, schöne und solide Gegenstände herzustellen ...

Auch die bayerische Justiz ist endlich im Besitz eines solchen Leitbildes. Die besten Köpfe haben jahrelang darüber nachgedacht. Sie sind zu erstaunlichen Ergebnissen gekommen, die wir hier zitieren. „Die Angehörigen der Justiz begegnen den Bürgern hilfsbereit und nehmen deren Anliegen ernst." Sie bemühen sich um eine verständliche Sprache. Sie arbeiten „teamorientiert und vertrauensvoll" zusammen.

Nur die Einfältigsten unter uns kommen zu dem Schluss, dass die Anliegen der Bürger bisher nicht ernst genommen wurden, die Sprache der Justiz äußerst verwirrend war und dass sich die Mitarbeiter gegenseitig die Köpfe eingeschlagen haben.

Das Leitbild gibt es derzeit nur als Poster zum Andiewandhängen und als Minibroschüre zum Indengeldbeutelstecken. Das ist noch entschieden zu wenig. Leitbild-Fesselballons sollten am Himmel schweben, der Kaffee in der Justizkantine nur noch in Leitbild-Tassen ausgeschenkt werden. Wir fordern außerdem den Justizminister und seine höheren Beamten ultimativ dazu auf, das Leitbild als Kanon zu singen und auf Schallplatte pressen zu lassen. Sonst noch jemand eine Idee?

Goethe nach dem fünften Wein?

Dia Schaller hdnnan mu dem Finger gedrlichi warden.

Auf Anhieb ist für niemanden zu unterscheiden, ob es sich bei diesem Satz um einen Ausspruch von Herrn Goethe nach dem fünften Schoppen Wein oder um die letzte Meldung eines Computers vor dem Systemabsturz handelt.

Tatsächlich ist es keines von beiden. Der Satz entstammt einer Gebrauchsanweisung für eine Tischuhr. Es bedürfte wohl mehrerer Generationen von Ingenieuren und Papyrologen, um seinen Sinn vollends zu entschlüsseln. Der Text wird übrigens folgendermaßen fortgesetzt: *Druchen Sie dann S 1 bieige orwunichie Zehi archaini. Versuihen Sie aliese vorsrching mit einar Munie ru ottan. Hellare-kantake die suchura lut chas uelan die Uler des loubande.*

Der Gesetzgeber schreibt seit einiger Zeit zwingend vor, dass Gebrauchsanweisungen „klar gegliedert", „logisch aufgebaut" und „in Deutsch geschrieben" sein sollen. Es ist doch immer wieder schön zu sehen, wie sehr sich alle Firmen daran halten.

Ähnlich verzweifelt sitzen wir denn auch vor unserem neuen Telefon und versuchen, die

Gedankengänge eines japanischen Telefonkonstrukteurs zu verstehen: *Stelle Sie die Gerte des Singweisen Griffers zur Einstellung. Eine nette Singweise wird verbeugen den anderen Teil auf denn Telephon von hörender Yhrer geheimer Unterredung.* Der Übersetzer des Textes gehört so lange bei Wasser und Brot eingesperrt, bis er uns verrät, was die Gerte des Singweisen ist und wie wir sie zum Erklingen bringen.

Unser Fazit nach einem längerem Studium der Gebrauchsanweisungsliteratur: Wer in Zukunft im Bekanntenkreis ein wenig mit seiner Bildung angeben möchte, der muss sich nur einen koreanischen Tischstaubsauger kaufen. Dessen Bedienungsanleitung ist problemlos als ein Meisterwerk der konkreten Poesie vorzutragen.

Mein Berti, dein Berti

Berti Vogts ist schon seit geraumer Zeit im Ruhestand. Wie alle Frührentner wird er inzwischen wahrscheinlich von seiner Frau ab und zu zum Einkaufen geschickt, damit er aus dem Hause ist und auf andere Gedanken kommt. Auch kleinere Hilfsarbeiten wie das Staubsaugen im Wohnzimmer (Couchtisch umdribbeln, dann ein knallharter Angriff von links auf den Vorleger) könnten nicht schaden.

Jetzt wäre es allerdings langsam an der Zeit, die ganze Wahrheit zu sagen über diesen Mann. Und die lautet so: Hans Hubert Vogts hat die deutsche Geschichte enorm beeinflusst. Wir reden natürlich von der Geschichte der deutschen Rechtsprechung, wovon denn sonst?

Dem Vernehmen nach hat Herr Vogts auch in einer Randsportart namens Fußball gewisse Erfolge vorzuweisen. Was aber bald schon wieder vergessen sein wird. Viel wichtiger ist etwas anderes, nämlich das berühmte Berti-Urteil des Landgerichts Düsseldorf.

Eine Drogeriekette hatte vor der Europameisterschaft mit dem Spruch „Jetzt aber ran, Berti!" geworben. Ansonsten war auf der Anzeige nichts vom Bundestrainer zu sehen – kein Berti-Foto, keine Berti-Zeichnung, kein Hauch von Berti. Trotzdem zog der Trainer vor Gericht und klagte auf Schadenersatz. Jeder Mensch wisse, dass mit diesem Namen nur er selbst gemeint sein könne. Der Bundesberti eben. Oder hat schon einmal jemand etwas von einem Bundeshorst gehört? Wohl kaum. Genau deswegen entschieden die Richter zu Gunsten des Herrn Vogts. So weit möchten wir es im Leben auch einmal bringen, dass alleine die Nennung unseres Vornamens gebührenpflichtig sein kann.

Pfui, das schreib ich nicht

Auf der Wache. Vor dem Herrn Kommissar sitzt eine Frau, die soeben einen Verkehrsunfall gebaut hat. Halb so schlimm, die Sache ist schnell geklärt. Am Ende fehlt nur noch die Unterschrift der Frau unter dem Protokoll. Aber plötzlich treten Schwierigkeiten auf, die in keinem Handbuch der Kriminaltaktik näher erläutert sind.

Wie der Suppenkasper die Nahrungsaufnahme, so beharrlich verweigert die Frau ihre Unterschrift. Und zwar nicht etwa deswegen, weil irgendetwas falsch protokolliert worden wäre. Daran gibt es nichts zu kritisieren. Nein, sie verkündet kategorisch, dass sie ihren Namen sowieso nicht und unter keinen Umständen auf ein Blatt Papier setzen werde.

Den Polizisten ist das ganze ein Rätsel. Aber dann rückt die Frau endlich mit der Wahrheit heraus: Leider sei sie im Moment dermaßen mit ihrem Ehemann verkracht, dass sie dessen Namen (und damit natürlich auch ihren eigenen) nicht schreiben wolle. Lieber gestehe sie sämtliche derzeit ungeklärten Morde im Bereich der Polizeidirektion.

Nach längeren Debatten hat ein Polizist eine geniale Idee – und bringt damit alle Beteiligten dem Feierabend deutlich näher. Er gestattet es der

Frau, das Protokoll mit ihrem Mädchennamen zu unterzeichnen. Der sagt ihr momentan besser zu und verursacht keinerlei Blockaden. Aus rechtlicher Sicht ist das kein Problem, denn als Beschuldigter kann man sowieso zu nichts gezwungen werden. Schon gar nicht zu einer Unterschrift. Und äußerstenfalls ist es sogar gestattet, im Angesicht der Polizei ein Protokoll mit dem Schriftzug von König Heinrich VIII. zu quittieren.

Trockenklo macht nicht froh

Selbst bei Lehrern klingelt es gelegentlich unverhofft an der Haustüre. Und selbst Lehrer hegen in diesem Moment die leise Hoffnung, es könnte der Mann vom Deutschen Lottoblock sein. Aus und vorbei wäre es dann mit dem Schülerpack, lebenslang große Ferien.

Mit diesen Gedanken mag ein Gymnasiallehrer eines Vormittags seine Haustüre geöffnet haben. Doch was er sah, das waren weder ein Geldkoffer noch ein Millionenscheck, aber immerhin ein ... transportables Toilettenhäuschen.

Ein Irrtum? Hatte vielleicht der Nachbar so ein Ding bestellt? Nein, die Lieferanten ließen sich nicht davon abbringen. Name und Adresse stimmten, außerdem war die Miete schon für zwei

Wochen bezahlt. Der Pädagoge freute sich trotzdem nicht über das Schnäppchen, denn er bevorzugte seit jeher den fest installierten häuslichen Abort mit Wasserspülung und war nicht bereit, seine Gewohnheiten zu ändern.

Außerdem wurde er schon wochenlang mit Dingen beliefert, die er nicht brauchen konnte. Zum Beispiel stand plötzlich ein Mann vor der Tür und wollte ihm unbedingt eine Pizza andrehen. Nie konnte er sicher sein, wenn es klingelte. Vom Elefantenbaby aus dem Tiergarten bis zur Blaskapelle schien alles möglich.

Der Lehrer erstattete Anzeige gegen Unbekannt – und bald waren die Strolche entlarvt. Es handelte sich um Schüler, die in liebevoller Fürsorge deutsche Versandhaus-Kataloge gewälzt und die attraktivsten Waren für ihren Studienrat bestellt hatten. Die Staatsanwaltschaft stellte das Verfahren ein, nicht ohne den Schülern zuvor ebenfalls eine kleine Überraschung in Gestalt einiger Stunden gemeinnütziger Arbeit verordnet zu haben.

Frau Marthas Gesetz

Immer nur Gesetze befolgen – das ist auf Dauer doch etwas langweilig. Mündige Bürger gehen einen Schritt weiter und erfinden selber welche. Tage- und nächtelang basteln sie an ihren Entwürfen und senden sie in Kopie an alle Entscheidungsträger unseres Staates.

Uns wurde vor kurzem ein Schreiben von Martha P. zugespielt. Diese Frau ist, wie es scheint, seit längerem verheiratet. Jedenfalls hält sie ihren Mann für einen ziemlich widerwärtigen Kerl, was in der Regel eine mindestens zweijährige Ehe voraussetzt. Martha P. hatte ihren Mann in einem Studentenwohnheim kennen gelernt. Womit wir auch schon beim entscheidenden Punkt wären. Unsere Briefschreiberin verflucht immer noch jenen Tag, an dem sie ihrem späteren Gemahl begegnete.

Nicht ganz zu Unrecht befürchtet Frau P., dass an diesem Ort auch unzählige andere Ehen angebahnt wurden und werden. Und deswegen wandte sie sich an das Verwaltungsgericht. Wir zitieren auszugsweise: „Antrag auf Erlass eines Gesetzes, dass Studentenwohnheime verschlossen gehalten werden müssen." Auf diese Weise sollen, wie Martha P. es eher amtlich-asexuell formuliert, jegliche „Handhabungen" zwischen Männlein und Weiblein verhindert werden.

Noch bevor sich das Verwaltungsgericht ernsthaft mit dem Problem befassen konnte, schrieb die Ehefrau bereits den nächsten Brief. Darin bat sie „untertänigst", das Verfahren einzustellen. Sie habe es sich anders überlegt und bestehe nun doch nicht auf einem neuen Gesetz. Schade, nun wird es also bis auf weiteres bei den Handhabungen bleiben.

Hat der Ruderer den Kanal voll?

Es sind nur wenige stille Genießer, die sich regelmäßig die Fachzeitschrift mit dem schönen Titel *Blutalkohol* reinziehen. Zum Gegenwert von ungefähr drei Schoppen Wein liefert dieses Mitteilungsorgan der „gemeinnützigen Vereinigung zur Ausschaltung des Alkohols und anderer berauschender Mittel im Straßenverkehr" Informationen, die uns andernorts verschwiegen werden.

Besonders begeistert hat uns in der jüngsten Ausgabe von *Blutalkohol* folgende Frage: Ab wann ist ein Gänse- oder Schweinehirt so betrunken, dass er nicht mehr als verkehrstauglich gelten kann? Wie für alles im Leben gibt es auch dafür eine gesetzliche Regelung. „Ein Tierführer / Tiertreiber ist im Verkehr zugelassen, wenn er geistig / körperlich und technisch in der Lage ist, auf das Tier / Herde örtlich und zeitlich jederzeit ausreichend verkehrssicher einzuwirken."

Und dann lässt der Experte exklusiv für das Fachblatt die Sau raus: Es gibt in Deutschland noch keine amtlich festgestellten Promillegrenzen für Hirten. Kein Wissenschaftler hat sich bisher die Mühe gemacht, einen Hirten vorsätzlich abzufüllen und dann mit seiner Herde auf den Weg zu schicken. Nur so könnte nämlich ermittelt werden, ob jemand nach fünf Bier noch alle Gänse vulgo Schäflein beieinander hat.

Ach, wenn es nur die Hirten wären... Im *Blutalkohol* wird darauf hingewiesen, dass derzeit auch andere Kerngruppen der Bevölkerung ohne geregelten Promille-Grenzwert auskommen müssen. Die Rodelschlittenfahrer und die Schlittschuhläufer zum Beispiel.

Es geht noch weiter. Selbst alkoholische Exzesse im Paddelboot sind strafrechtlich nur ungenügend zu ahnden. Denn ein Boot ist nach den Erkenntnissen führender Wissenschaftler ein „nicht straßengebundenes Fahrzeug". Das heißt, die Alkoholgrenzen für Autofahrer gelten nicht.

Ganz zu schweigen von den Draisinen- und Drahtseilbahnfahrern. Aber darüber verlieren wir jetzt kein Wort mehr, denn wir wollen dem *Blutalkohol* nicht all seine Leser wegnehmen.

Grüngefärbt & zornesrot

Für einen gewöhnlichen Mann ist der Unterschied zwischen einem Damenfriseursalon und der russischen Raumstation Mir kaum zu erkennen. Hier wie dort hängen blinkende Geräte von der Decke, die meisten Passagiere sehen aus wie Außerirdische und manche von ihnen tragen brummende Hauben auf dem Kopf.

Es gibt aber trotzdem ein wichtiges Unterscheidungsmerkmal zwischen beiden Institutionen: Die Erforschung des Weltalls ist für ein paar Milliarden Mark zu haben und in ein paar 100 Jahren beendet, die Verschönerung der Frau ist dagegen ein Projekt für die Ewigkeit. Ständig wechselt die Mode – und nicht zuletzt auch die Haarfarbe. War gestern noch die schlammbraune Kurzfrisur gefragt, so kann heute bereits kein Weg mehr an quietschgelben Korkenzieherlocken vorbeiführen. Der Spaß kostet jedes Mal 200 Mark aufwärts.

Man sollte deswegen meinen, es gibt keine größere Freude für eine modebewusste Frau, als wenn sie eine kostenlose Haarfärbung erhält. Einer jungen Urlauberin auf Mallorca ist dies widerfahren. Blond war sie am Urlaubsort angekommen, völlig neu gestylt kehrte sie in die Heimat zurück. Des Rätsels Lösung: Im Hotelschwimmbecken befand sich soviel

Chlorwasser, dass die Haarfarbe der Urlauberin jeden Tag etwas mehr in Richtung Grün gewechselt war. Aber diese Tönung nach Art des Hauses passte der Frau nicht. Zornesrot (im Gesicht) und giftgrün (auf dem Kopf) zog sie vor Gericht.

Immerhin zehn Prozent des Reisepreises wurden ihr als Schadenersatz zugesprochen. Schmerzensgeld erhielt sie aber nicht. Die Richter waren der Meinung, junge Menschen trügen heute so oft bunte Haare, dass sich niemand mehr dafür schämen müsse. Vielleicht ist das Inselgrün ja sogar in der nächsten Saison der neueste Schrei.

Wer stripst denn da?

Klemmen, krallen, grapsen, greifen, mausen, mopsen, atzeln, abstauben, strenzen, stripsen. Das sind nur zehn bescheidene Vorschläge von mehreren Dutzend, die uns der Duden macht, um das hässliche Wort „stehlen" zu vermeiden.

Die Österreicher haben sich wieder mal sonderweglerisch für den Ausdruck „fladern" entschieden. Sollen sie damit glücklich werden und in Ruhe vor sich hinfladern. So schafft man jedenfalls kein gemeinsames Europa, wenn der eine maust und der andere mopst.

Aber trotz der vielen Wörter weiß selbst der Fachmann manchmal nicht, wie er es nennen soll, wenn jemand etwas gestripst bzw. gestrenzt hat. Manche Fälle sind nämlich von solch ausgesuchter Seltsamkeit, dass man gerne einen neuen, bisher nicht gekannten Ausdruck dafür erfinden würde.

Beispielsweise bei folgendem Kriminalfall: Ein Mann spaziert arglos am Ufer eines bayerischen Sees entlang und entdeckt nahe des Weges einen etwa 60 Zentimeter großen Findling. Prima, denkt er und stellt mit Kennerblick fest: Der Stein liegt seit der Eiszeit hier, der gehört niemanden. Und weil er außerdem genau in den Garten des Mannes passte, packte er ihn in den Kofferraum und fuhr mit ihm davon.

Bald danach erfuhr der Sammler die Wahrheit: Die Gemeindeverwaltung hatte den Stein erst ein paar Jahre zuvor für 150 Mark gekauft und eigens an dieser Stelle der Uferpromenade zur Freude der Spaziergänger aufgestellt. Von wegen Eiszeit.

Die Dieb brachte zwar reumütig den Stein sofort wieder an seinen Platz zurück, doch um einen Strafbefehl kann er nicht herum. Das Gericht entschied auf 800 Mark – ein Betrag, für den man sich problemlos sowohl graps- als auch atzelfrei einen kompletten Steingarten zulegen kann.

Jedem seine (A)meise

Der galoppierende Buchführungswahn ist eine unterschätzte Zivilisationskrankheit. Er kann in allen Bereichen des Lebens auftreten und macht aus bislang unauffälligen Wesen schwer erträgliche menschliche Datenbanken.

Wer von dieser Krankheit befallen ist, der muss alles zählen und auflisten, was ihm begegnet: die roten Ampeln auf dem Weg zur Arbeit, die Fehlpässe von Andi Möller, die Löcher im Käse und die verlorenen Haare auf der Bürste. Gerne erstellen die Patienten auch Statistiken und beweisen damit den unmittelbar bevorstehenden Niedergang der Welt, des deutschen Fußballs oder ihrer selbst.

Menschen in einem fortgeschrittenen Stadium des Buchführungswahns wenden sich häufig an die Justiz. So zum Beispiel ein Mieter aus Köln. Er hatte sich darauf spezialisiert, die Ameisen zu zählen, die seine Wohnung durchquerten. Auf 24 Stück kam er während eines halben Jahres. An einem einzigen Tag waren es sogar vier!

Der Mann bestand nun darauf, dass wegen dieser Invasion von Insekten seine Miete gekürzt würde. Bei den Tieren habe es sich nämlich um „Späherameisen" gehandelt, die das Gelände auskundschaften und dann ihre ganze Sippschaft mitbringen wollten.

Das Gericht ließ sich nicht einmal zu einer klitzekleinen (dem Ameisenbefall angemessenen) Mietminderung erweichen. Man hätte ja an fünf bis sechs Pfennige pro Jahr denken können. Statt dessen wurde dem Mann empfohlen, sich erst dann wieder bei der Justiz blicken zu lassen, wenn mindestens ein Ameisenhaufen in seinem Wohnzimmer zu sehen ist.

Was lernen wir aus diesem Fall? Manche Menschen haben eine Ameise. Manche Menschen haben eine Meise. Und manche Menschen haben beides.

Ein Baby als Botschafter

Gott behüte uns vor Blitz und Donner. Außerdem vor Eltern, welche die Geburt ihres Kindes als einen günstigen Anlass dazu betrachten, diverse Botschaften unter die Menschen zu bringen.

Gemeint ist die Namensgebung. Vor langer Zeit mussten Omas, Opas, Onkels und Tanten dafür herhalten. Es wirkte zwar auch nicht immer ganz gelungen, wenn ein quäkender Säugling aus Gründen der Erbschleicherei Kunigunde getauft wurde. Aber es war wenigstens verständlich.

Inzwischen ist das anders. Wer sich auf der Höhe der Zeit befindet, der wälzt vor der Geburt des Kindes mehrere usbekische Lexika, befragt die Sterne und bestellt sich in der Buchhandlung das Einwohnerverzeichnis von Tokio. Dann wird alles gut gemischt und heraus kommt ein Name, der ungefähr Nikapi-Hun-Nizeo heißt.

Den Ärger damit haben die Gerichte, denn sie müssen im Zweifelsfall entscheiden, ob ein Name zulässig ist. Eine Mutter aus Nordrhein-Westfalen zum Beispiel war der Meinung, ihr Kind „kulturzeitgemäß" benennen zu müssen. Was auch immer das bedeuten mag. Sie kam mit folgendem Wort-Bandwurm beim Standesamt an: Chenekwahow Migiskau Nikapi-Hun-Nizeo Alessandro Majim Chayara Inti Ernesto Prithibi Kiomar Pathar Henrike.

Wohlgemerkt, es handelt sich dabei um die Vornamen eines einzigen Kindes und nicht um die Aufstellung der kompletten Fußball-Nationalmannschaft von Tadschikistan mit ihrem Trainer. Der Standesbeamte weigerte sich bei seiner Berufsehre, das ins Familienbuch einzutragen. Und die Richter des Oberlandesgerichts Düsseldorf stimmten ihm zu. Höchstens fünf Namen seien zulässig, teilten sie der Mutter mit.

Wir freuen uns für Inti bzw. Prithibi – oder was am Ende auch immer übrig geblieben ist. Dem jungen Erdenbürger wird es nun erspart bleiben, zwei Quadratmeter große Schulzeugnisse in Empfang zu nehmen und das halbe Leben mit dem Ausfüllen von Formblättern zu verbringen.

Schein oder nicht Sein

Männer mögen noch so harte Kerle sein. Aber es gibt einen Ort, an dem sie ihren Gefühlen freien Lauf lassen. Da sind sie alle gleich, die Jungen und die Alten, die Reichen und die Armen. Sie heulen, bitten, betteln. Und meistens hilft es ihnen doch nichts.

Dieser sagenumwobene Ort ist das Verkehrsgericht. Mancher Mann, der zwei bis drei Scheidungsprozesse ohne Wimpernzucken hinter sich gebracht hat, bekommt echte psychische Probleme, wenn er wegen nachhaltiger Trunkenheit seinen Führerschein für sechs Monate hergeben soll. Verzweifelt trägt er dem Richter vor, dass er ohne Schein nur ein halber (oder gar kein) Mensch sei. Überhaupt würde er jede denkbare Geldstrafe zahlen und 100 Stunden freiwillig den Affenkäfig im Tiergarten ausmisten, wenn er nur den Lappen behalten darf.

Eine extremer Fall war vor dem Nürnberger Amtsgericht zu erleben. Mit 1,3 Promille hatte die

Polizei einen 26-Jährigen am Steuer seines Autos erwischt. Nun sollte er ein halbes Jahr – also 4392 Stunden oder 263 520 Minuten – ohne das geliebte Brummbrumm unter seinem Hintern auskommen. Zu Fuß gehen oder, igitt, mit der U-Bahn fahren.

Wenn man ihm schon das Auto nehme, so ließ er seinen Anwalt vortragen, dann müsse er doch wenigstens Go-Cart fahren dürfen. Ab und zu ein kleines Rennen, damit der Entzug nicht so schlimm wird. Bitte, bitte. Der Verkehrsrichter gestattete es.

CJ CJ *** qqqq

Schon ewige Zeiten nichts mehr von der Justiz gehört. Bestimmt zwei Tage lang. Das dachte sich unsereiner an einem eher langweiligen Wintertag in der Redaktion. Und bereits wenige Minuten später traf wie bestellt eine Nachricht via Internet ein. Es handelte sich um eine E-Mail mit angehängtem Textdokument.

Diese Botschaft der Justiz war von einer solchen Schönheit und Dichte, wie man es heute im Alltag nur noch sehr selten erleben kann. Darum soll hier wenigstens ein kurzer Auszug wiedergegeben werden: *5q6q OJQJ5 q6q CJ OJ OJ 5 q6q] *CJ* OJ

QJ 5 q6q CJO JQJ CJ OJQJ 5qCJ OJQJ mH j UJ
]* @ [CJ 5 q] *B* „ 1 op éa.

In diesem Stil ging es über 23 DIN-A-4-Seiten weiter. Auch ungewohnt kritische Anmerkungen, etwa zur verheerenden Politik des gegenwärtigen Justizministers, waren in dem Werk vertreten. Zum Beispiel: *áâ – W ùö ö ö çç ç ä ää ä ä x³ $$ d‰d &d ´ œê ňň Ü J q q q*. Das wird für den Verfasser Konsequenzen haben. Zumal wir seinen Namen kennen. *Đå®±ĐƟw∂* heißt der Lump. Oder so ähnlich.

Vorsicht, ein Ureinwohner

Zur Entlastung der hiesigen Rechtspflege ist es dringend nötig, dass die Menschen gelegentlich in den Urlaub fahren. Wer am Ochotskischen Meer das Extrempaddeln betreibt oder in der Wüste Nefud Sandkörner zählt, der ist kaum in der Lage, gleichzeitig einem Amtsrichter mit einer Zivilklage auf die Nerven zu gehen.

Der Erfolg dieser Beschäftigungsmaßnahme hält aber nicht lange an. Irgendwann kehren die Urlauber doch wieder zurück – und dann wird es noch schlimmer als je zuvor. Ein durchschnittlicher Reisender sammelt sogar während eines Kurzurlaubes zwei Aktenordner voll Beweismaterial, die er hoffnungsfroh bei Gericht einreicht. Ein paar hundert Mark Schadenersatz vom Reiseveranstalter sollten's schon sein.

So ähnlich dachte es sich auch ein Paar, das beim Nürnberger Amtsgericht vorstellig wurde. 1599 Mark hatte man pro Person bezahlt. Für zwei Wochen auf der Insel Sri Lanka mit allem drum und dran.

Die beiden wurden im Ausland bitter enttäuscht. Der Reisekatalog hatte glatt verschwiegen, dass die Insel Sri Lanka bewohnt ist. Dass es Einheimische gibt. Sogar direkt neben dem Hotel! 150 Menschen jeglichen Alters hätten in einem Dorf etwa sieben bis acht Meter entfernt gewohnt, hieß es in der Klage.

Diese Insulaner lebten aber nicht nur still vor sich hin, was man vielleicht gerade noch hätte durchgehen lassen können. Nein, sie machten sich auch noch bemerkbar. So hätten sie sich jedenfalls eine „idyllische Lage" nicht vorgestellt, protestierten die Touristen. Von „natürlichen Emissionen" war in dem Schriftsatz die Rede. Gemeint waren damit die Unterhaltungen zwischen den Dorfbewohnern. Manchmal tanzten die Menschen sogar, dann wieder gingen sie ihrer Arbeit nach. Als ob das alles nicht auch außerhalb der Saison möglich wäre.

Der Richter sagte, solch eine Reise-Rüge habe er noch nie erlebt. Er machte einen Vorschlag zur Güte: weil das Paar auch einige vernünftige Dinge bemängelt habe, könne man sich vielleicht auf 100 Mark Rückzahlung pro Person einigen. Doch damit waren die Kläger nicht einverstanden. Es wird also in einem Urteil festgestellt werden müssen, ob und wann die Einwohner eines Landes einen Mangel darstellen.

Die Folgen wären eventuell weitreichend. Wer sagt uns denn, dass in Zukunft nicht auch während des Christkindlesmarkts ganz Nürnberg und während des Oktoberfests ganz München evakuiert werden müssen. Schließlich können ja auch wir Deutsche einem Touristen im Wege stehen und Anlass zur Klage geben.

Nasenlotto

Ein Mensch, der mit einer festen Postanschrift gesegnet ist, kann es heutzutage kaum vermeiden, etwa zwei- bis dreimal pro Woche mit erheblichem Trara zum Hauptgewinner einer Verlosung ausgerufen zu werden. Er muss nichts anderes tun, als regelmäßig in seinen Briefkasten zu schauen.

Meistens erfolgt die Bekanntgabe des Superpreises in Gestalt eines mit Kronen oder

Wappen verzierten Serienbriefes. Am liebsten würde man ihn ungeöffnet wegwerfen, aber aus Anstand und Geldgier schaut man doch kurz hinein. Ausgerechnet wir Glückspilz, heißt es, hätten einen Porsche gewonnen. Zumindest so gut wie. Wenn wir noch an zwei weiteren Lotterien erfolgreich teilnähmen, unser Vorname mit „X" anfange und wir einen Onkel zweiten Grades in Timbuktu hätten, dann könnte es vielleicht etwas werden mit dem Porsche. Ansonsten habe man da für uns ein preisgünstiges Sortiment an Steppdecken für uns im Angebot.

Aber wer interessiert sich überhaupt noch für Sportwagen, Villen und Weltreisen? Wo man doch so etwas jeden zweiten Tag gewinnen kann. Es müssten schon etwas ausgefallenere Preise sein. Schönheit zum Beispiel. Richtig gelesen: Auch Schönheit wird inzwischen verlost. Ein Radiosender bot seinen Hörern an, die Kosten für das Anlegen von Segelohren, das Absaugen von Fett und das Geradebiegen der Nase zu übernehmen. Das ging so lange gut, bis jemand die Justiz einschaltete. Der Zivilsenat eines Oberlandesgerichts befand, kosmetische Operationen eigneten sich grundsätzlich nicht als Preise bei einer Verlosung. Das Nasenlotto scheint seine beste Zeit hinter sich zu haben..

Mundwerk als Kunstwerk

Waaaaaaas? Noch nie Gast in einer Fernsehtalkshow gewesen? Da wird es aber höchste Zeit. Mögliche, bisher nicht vergebene Themen wären: „Ich bin in meinen Küchenmixer verknallt", „Ich frühstücke nur im Handstand" oder „In meinem früheren Leben war ich der Lieblingsgummibaum des Bundesinnenministers".

Die Teilnahme an einer Talkshow bringt unschätzbare Vorteile mit sich: Man blamiert sich gleich auf einen Schlag vor vielen Millionen Menschen und muss das nicht mühsam, über Jahre hinweg, in Einzelgesprächen tun. Man erhält zudem nach dem Verlassen des Studios ein kleines Honorar, für das man sich eine Perücke und eine Sonnenbrille kaufen kann, um nicht sofort von allen als derjenige erkannt zu werden, der es mit seinem Küchenmixer treibt.

Eben jenes Honorar war Gegenstand rechtlicher Auseinandersetzungen. Die deutsche Sozialversicherung – um Einnahmequellen noch nie verlegen – hatte beschlossen, dass Gäste in Talkshows als Unterhaltungskünstler betrachten zu seien. Wer dort auftrete, habe Abgaben in die Künstlersozialkasse zu entrichten. Es am zum Prozess. Die Richter des Bundessozialgerichts entschieden: Ein freches Mundwerk oder eine bisher nur Eingeweihten bekannte Perversion

35

machen einen Menschen noch lange nicht zum Künstler. Es sei denn, er bestreitet die komplette Talkshow im Handstand (siehe oben).

Mister Murphy ist überall

Es gab vor langer Zeit einen Menschen namens Ed Murphy. Ein Amerikaner zwar, aber ansonsten ganz vernünftig. Er hat ein Gesetz aufgestellt. Und das heißt: Wenn etwas im Leben schief gehen kann, dann wird es auch schief gehen. Sucht jemand heftigst nach einer Telefonzelle und erwischt endlich eine, dann nimmt sie bestimmt nur Karten und keine Münzen an. Oder das bekannteste Beispiel: ein Frühstücksbrot, das zu Boden fällt, landet bestimmt auf der bestrichenen Seite und versaut den Teppich.

Mister Murphy, würde er denn heute noch leben, hätte bestimmt an einem Prozess vor dem Neumarkter Amtsgericht seine helle Freude gehabt. Es ging um einen 34-jährigen Mann, der einen Altpapiercontainer zu seinem persönlichen Feind erklärt hatte. Acht Mal zündete er den Container innerhalb von drei Monaten an.

Und jetzt kommt die Theorie von Murphy ins Spiel. Wie es der Zufall wollte, ärgerte sich ein anderer Mann nach den Bränden darüber, dass er sein mühsam herbeigeschlepptes Altpapier nicht loswerden konnte. Es war der Amtsrichter, der später den Fall verhandeln musste.

Am Tag nach einem der Brände rutschte ein Mann auf dem Löschwasser aus, das die Feuerwehr benötigt hatte und das inzwischen gefroren war. Es war der Rechtsanwalt, der mehrere Wochen danach mit der Verteidigung des Brandstifters beauftragt wurde.

Da kann man nur noch Ed Murphy zitieren: „Alles, was gut beginnt, endet schlecht. Alles, was schlecht beginnt, endet furchtbar." Im Falle des Neumarkter Brandstifters bedeutete das acht Monate Freiheitsstrafe ohne Bewährung und die Einweisung in eine Entziehungsklinik.

Schlangenvorführung

Die meisten von uns haben eine Lieblingsbiersorte, eine Lieblingsfernsehserie, einen Lieblingsfußballspieler oder eine Lieblingskaffeetasse. Lieblinge, wohin man schaut. Nur so lässt sich der langweilige Alltag einigermaßen ertragen.

Erstaunlich wenig verbreitet ist dagegen die Sitte, sich auch ein Lieblingswort zuzulegen. Dabei sind die Vorteile nicht zu übersehen: Das Lieblingswort ist in der Anschaffung preiswert, braucht nur wenig Zuwendung und macht doch einiges her, wenn es im Bekanntenkreis gelegentlich vorgeführt wird.

Bei der Lektüre einer Anklageschrift der Staatsanwaltschaft ist uns so ein Wort begegnet. Es heißt *Tatzeitblutalkoholkonzentration*. Stolze 31 Buchstaben lang schlängelte es sich in dem Text dahin wie eine Boa Konstriktor im Urwald. Eine Schönheit, zweifelsohne.

Der Erfinder hätte es sich einfach machen können, indem er während des Schreibens sein Geschöpf mit einem Schwerthieb geteilt und zwei Wörter daraus gemacht hätte. Aber so brutal wollte er nicht sein. Nun führt die *Tatzeitblutalkoholkonzentration* in den Akten der Justiz ein munteres Leben und wird sich bestimmt irgendwann vermehren.

Wer auf den Geschmack gekommen ist, aber bisher noch kein geeignetes Lieblingswort besitzt, dem seien an dieser Stelle einige empfohlen: Heizölrückstoßabdämpfungsverordnung, Strafverfolgungsmaßnahmenentschädigungsgesetz oder Wortschlangenvorführungsförderungsrichtlinien.

Wann ist der 134. Januar?

Sie zählen nicht gerade zu den wichtigsten Ereignissen der Weltgeschichte – die Jahresempfänge der deutschen Justizbehörden zwischen Kiel und Kempten. Rein bedeutungsmäßig sind sie, schweren Herzens, aber doch mit deutlichem Abstand hinter dem Bau der Pyramiden und der russischen Revolution einzuordnen.

Zumal die Justiz nicht die einzige Einrichtung ist, die Neujahrsempfänge veranstaltet. Wichtige Menschen begrüßen inzwischen das neue Jahr durchschnittlich etwa 27 Mal bei Schnittchen und Wein. Wenn die Prominenten das Jahr zum letzten Mal begrüßt haben, dann müssen sie sich nach einer kurzen Verschnaufpause bereits wieder auf die Verabschiedung desselben einstellen. Natürlich ebenfalls mit Schnittchen und Wein.

Immerhin, in einem Punkt sticht der Jahresempfang der Nürnberger Justiz aus allen vergleichbaren Veranstaltungen hervor. Einer behördeninternen Mitteilung zu Folge findet er am 134. Januar statt. Ein einzigartiger Termin. Unsere Recherchen haben ergeben, dass an diesem Tag nicht gearbeitet wird. Kinos und Theater haben nicht geöffnet und Zahnärzte ziehen keine Zähne. Nur die Justiz ist wie gewohnt auf ihrem Posten und feiert.

Bliebe nur noch eine Frage übrig: Wann ist der 134. Januar? Doch mit etwas Überlegen kommt man auch hier weiter. Das ist natürlich der Tag, der auf den 133. Januar folgt.

Düdeldütdüt, düdeldütdüt

Es gibt verschiedene Lehrmeinungen darüber, wie ein Richter zur Weißglut gebracht werden kann. Die ältere Schule vertrat die Ansicht, gelangweiltes Nasenbohren oder Kaugummikauen während der Sitzung seien probate Mittel. Moderne Menschen bewerkstelligen das anders: Sie bringen ein Handy mit ins Gericht.

Ein normales Gerät, das während des Prozesses mehrfach klingelt, gilt inzwischen fast schon als spießig. Aber zum Glück kann auf neuen Geräten problemlos eine kleine Melodie eingestellt werden. Statt piep-piep hören dann alle Anwesenden etwa fünf Minuten lang eine Kurzfassung von „Freude schöner Götterfunken". Der Handybesitzer kramt derweil mit rotem Kopf in seinen Taschen, findet aber gewöhnlich den Apparat nicht.

Vor kurzem ist es in einem Gerichtssaal zum Eklat gekommen. Eine Zeugin machte gerade ihre Aussage, als das Handy klingelte. Düdeldütdüt, düdeldütdüt. Der Richter bat die Frau darum, das

Gerät abzuschalten. Das aber empfand die Frau als unhöflich. Sie verließ plaudernd den Saal und kehrte bereits nach fünf Minuten wieder zurück. Der Vorsitzende betrachtete das als Missachtung des Gerichts und brummte der Zeugin ein Ordnungsgeld auf. 300 Mark für fünf Minuten telefonieren – das sind Gesprächsgebühren, die Telekom, Mannesmann und andere neidisch werden lassen.

Doktorspiele

Jeder von uns hat sie erlebt, die Zeit des Doktorspielens. Klammheimlich wurde im Kinderzimmer getestet, was Mädchen von Buben im Allgemeinen und die Uschi von dem Christian im Speziellen unterscheidet. Ernesto M. ist zwar schon 45 Jahre alt, kann aber trotzdem nicht vom Doktorspielen lassen. Das behauptet die Staatsanwaltschaft, die den Afrikaner schon mehrfach wegen des Missbrauchs von Titeln vors Gericht zitierte.

Ernesto M. bezeichnet sich hartnäckig als Arzt und bewirbt sich immer wieder um entsprechende Stellen – zuletzt als OP-Assistent in Nürnberg. Eine seiner Doktorurkunden ist bereits als Fälschung aufgeflogen. Nun droht ähnliches. Doch der Angeklagte hat eine neue Verteidigungsvariante parat: „Ich bin gar nicht

Ernesto", ruft er dem Richter plötzlich zu. In Wahrheit handle es sich bei ihm um den nicht wenig begabten Mediziner Makani U. Schon in den 70er Jahren habe ihm die Universität von Nizza die Doktorwürde zugesprochen. Was den Urkunden problemlos zu entnehmen sei. Der Richter erinnert daran, dass die im vergangenen Prozess eingereichten Dokumente (ebenfalls aus Frankreich) komplett gefälscht waren...

Ernesto alias Makani wird erst einmal verhaftet. So lange, bis fest steht, ob er in seinem Leben jemals über den Kenntnisstand eines Erste-Hilfe-Kurses hinausgekommen ist, muss er im Gefängnis bleiben. In der Zwischenzeit durchsucht die Polizei seine Wohnung, um eventuell weitere Promotionsurkunden aus Beirut, Brazzaville oder Bangkok zu finden.

P.S.: Wozu braucht ein Arzt überhaupt ein Medizinstudium? Diese Frage stellt sich nach einem Blick ins Archiv. Der portugiesische Soldat Helder B. hat 80 Blinddärme herausoperiert, ehe er 1993 als Schwindler entlarvt wurde. Ein pensionierter Lehrer behandelte 1985 in Berlin Nervenkranke zur Zufriedenheit seiner Fachkollegen. Und im fränkischen Feuchtwangen gastierte ein gewisser Karl S. ohne Klagen drei Monate lang als Urlaubsvertretung im Krankenhaus.

Die Fragebogenfolter

Es gibt immer noch Leute, die sich nicht schämen, nach einem Unfall von ihrer Versicherung Geld zu verlangen. Und zwar mit dem lächerlichen Hinweis, sie hätten schließlich seit soundsovielen Jahren ihre Prämien bezahlt.

Um diese Gierschlünde von Kunden abzuschrecken, haben die Versicherungen die Fragebogenfolter erfunden. Wer zum Beispiel eine Fensterscheibe im Wert von 45,80 Mark ersetzt haben möchte, der erhält zunächst einmal kein Geld, sondern Tage später ein 20-seitiges Formular, in dem er an Eides statt versichern muss, kein Anhänger der Vielweiberei zu sein und sich zwei mal am Tag die Zähne zu putzen. Anschließend wird ihm eine Auszahlung des Betrages vage in Aussicht gestellt.

Auch ein Ehepaar, das bei einem Autounfall ein Schleudertrauma erlitten hatte, wurde vom Bayerischen Versicherungsverband mit einem Fragebogen beehrt. Die Sachbearbeiter wollten unter anderem wissen, wie viele Kinder der Verunfallte in seinem Leben gezeugt habe. Irgendwie scheint ein tieferer, geheimnisvoller Zusammenhang zwischen der männlichen Potenz und später unerwartet auftretenden Schleudertraumata zu existieren. Aber das war nur eine von vielen Fragen. Das Ehepaar sollte detaillierte

Angaben über den „horizontalen Abstand Kopf –
Kopfstütze" und über den „vertikalen Abstand
zwischen Kopfoberkante und Kopfstützenober-
kante" machen. Zuverlässige Versicherungs-
nehmer sollten für solch einen Fall immer ein
Lineal im Handschuhfach haben, um unmittelbar
nach dem großen Rumms ihre leicht eingedellten
Kopfoberkanten vermessen zu können.

Die schönste Fragebogenfrage lautete so: Haben
Sie den Unfall auf sich zukommen sehen? Der
Anwalt des Ehepaares schrieb im Namen seiner
Mandanten zurück: Nein, sonst wären wir vorher
aus dem Auto ausgestiegen.

Lediglich Punkt zwei des Versicherungsschrei-
bens beantwortete der Jurist mit Freuden. Gefragt
war nach der derzeit hautsächlich ausgeübten
Tätigkeit. Der Anwalt teilte mit, seine
hauptsächlich ausgeübte Tätigkeit nach Erhalt des
Fragebogens habe darin bestanden, den Kopf zu
schütteln und in einen Zustand allgemeiner
Heiterkeit zu geraten.

Zu schön, um wahr zu sein

Es war ein fürchterlicher, ein missratener Urlaub: Sonnenschein, gutes Essen, angenehme Nachbarn und so weiter. Herr D. hatte alles getan, um das Haar in der Suppe zu finden. Aber es gab keines. Nach seiner Rückkehr in die Heimat überlegte der Mann, wie diese verpfuschte Reise vielleicht doch noch gerettet werden könnte. Und da hatte er einen genialen Einfall, auf den bisher noch niemand gekommen ist: Er stellte fest, dass sein Ferienhaus weit luxuriöser ausgestattet war als im Katalog beschrieben. Dort hatte man den Swimmingpool nicht erwähnt. Es war aber trotzdem einer vorhanden.

Herr D. fand das unerhört. Er reichte Klage beim Amtsgericht ein. Nach dem Motto: Wo kämen wir denn hin, wenn jeder Tourist mit Extras verwöhnt würde, die er gar nicht bezahlt hat. Wegen des vorhandenen Pools müsse der Reiseveranstalter im Nachhinein noch ein paar Mark herausrücken. Der Prozess ging in die Hose. „Sind Ausstattungsgegenstände im Katalog nicht erwähnt, sichert der Reiseveranstalter damit nicht deren Abwesenheit zu." Ein beinahe schon philosophischer Satz, den die Richter da formulierten. Viel zu schön für Herrn D.

Mein Tischlein ist zu klein

Unser lange Zeit ungetrübtes Bild vom braven Jurastudenten (Krawattenträger, serienmäßig eingebaute Mitgliedschaft bei der Jungen Union) hat in letzter Zeit stark gelitten. Schuld daran ist ein ganz bestimmter Examenskandidat.

Dieser Student hatte bei der schriftlichen Prüfung schlecht abgeschnitten. Soll vorkommen. Er aber führte sein Versagen nicht auf seine Faulheit, einen hundsgemeinen Professor oder die Konstellation der Sterne zurück. Er behauptete, der vom Prüfungsamt zur Verfügung gestellte Tisch sei zu klein gewesen. Es handelte sich dabei um ein Möbel mit 87 mal 87 Zentimetern Arbeitsfläche.

Zu winzig für eine Staatsprüfung? Müssen sich Juristen bäuchlings auf den Tisch legen können, um gute Ideen zu haben? Die Verwaltungsrichter, die der Student um Hilfe anrief, waren nicht dieser Meinung. Sie fügten der Nachwuchskraft ihre erste juristische Niederlage zu und erklärten die Prüfung für gültig.

Jurastudenten scheinen ohnehin ein seltsames Volk zu sein. Vor kurzem wurde in einem Gerichtsgebäude schamlos zu einer „FKK-Klausur" eingeladen. Na gut, dachten wir. Sie wollen also nicht nur auf Tapeziertischen herumlümmeln, sondern auch noch gleichzeitig all ihre Kleidung abwerfen, um zu Höchstleistungen befähigt zu sein. Bis uns jemand darüber aufklärte, dass „FKK" übersetzt nichts anderes bedeutet als „Freiwilliger Klausurenkurs". Egal. Hauptsache, die Tische sind groß genug.

Ein Mann kehrt verkehrt

Herzlichen Glückwunsch! Da ist der Polizei mal wieder ein dicker Fisch ins Netz gegangen. Herr W. – so heißt der Schurke. Er lebte bisher, als Kaufmann getarnt, am Rande der Ortschaft Cadolzburg. Aber in seiner Freizeit, da stellt er widerwärtige Dinge an.

Herr W. hat vorsätzlich und im Vollbesitz seiner geistigen Kräfte die Hofeinfahrt vor seinem Haus gekehrt. Als Tatwaffe benützte er ein Werkzeug, das in einschlägigen Kreisen Besen genannt wird. Das Schlimmste war aber die Tatzeit: ein Sonntagnachmittag. Wer weiß, was geschehen wäre, wenn nicht zufällig eine Polizeistreife vorbeigekommen wäre und das Verbrechen beobachtet hätte. Aber dank jahrelanger Schulung stellten die jungen Beamten sofort fest: Hier verstößt jemand gegen das Sonn- und Feiertagsgesetz.

Wie man das von Schwerkriminellen kennt, war der Mann sehr uneinsichtig. Er verwies darauf, dass sein Haus alleine auf weiter Flur stehe und deswegen kein Nachbar gestört werden könne. Als Selbständiger sei er unter der Woche am Kehren gehindert. Momentan fege er sowieso nur Sand von einer Baustelle fort, damit niemand ausrutsche. Ausreden, nichts als läppische Ausreden.

Die Polizisten waren für unseren Geschmack etwas zu zahm. Man hätte eine sofortige Festnahme des Herrn W. oder wenigstens seines Besens erwartet. Statt dessen wurden nur die Personalien des Täters festgestellt und die Einleitung eines förmlichen Bußgeldverfahrens angekündigt. Wahrscheinlich werden sich die Verwaltungsbehörden wieder mal mit 100, 150 Mark begnügen. Und niemand schützt uns davor, dass der Gemeingefährliche erneut seine Hofeinfahrt kehrt. Der Mann ist ein notorischer Gesetzesbrecher, dem durchaus noch Schlimmeres zuzutrauen wäre. Vielleicht fällt es ihm als nächstes ein, an einem Sonntag laut zu lachen. Möglicherweise sogar über die Polizei.

Die Luft aus der Dose

Die deutsche Sprache ist reich an Wörtern, aber offensichtlich nicht reich genug. Wir sprechen in absteigender Reihenfolge von einem Orkan, einem Sturm, einem Wind, einer Brise, einem Lüftchen und einem Hauch. Darunter existiert nichts mehr, was ohne die Hilfe eines Physikprofessors gemessen werden könnte.

Schade, denn gerade so ein Schnuckiputziwörtchen hätte jetzt gut gepasst, um das Hauptproblem eines Zivilprozesses zu beschreiben. Eines steht fest: Es war deutlich weniger als ein Hauch, worum gestritten wurde. Ein Mieter fühlte sich belästigt. Und zwar durch den Luftzug, der aus einer Steckdose in seine Wohnung gelangte. Richtig gelesen: Durch die winzigen Löcher einer Steckdose soll es gezogen haben wie Hechtsuppe. Der Mieter beauftragte einen Handwerker.

Das Haus als solches durfte während der Untersuchungen großzügigerweise stehen bleiben. Der Elektriker schraubte die Steckdose ab und guckte pflichtbewusst in das Loch hinein. Tiefere Erkenntnisse gewann er dabei nicht. Deswegen schrieb er auch nur eine Rechnung über 69,40 Mark aus. Aber in dem Moment ging es erst richtig los. Hauseigentümer und Mieter stritten darum, wer das bezahlen solle.

Laut Vertrag hätte der Mieter kleinere Instandhaltungen bis zu 100 Mark selbst bezahlen müssen. Aber mit der Begründung, dass der Blick eines Handwerkers in einen dunklen Schacht keine Instandhaltung sei, brummte der Richter dem Hausherrn die Rechnung auf.

Apropos: Eine Plastikkappe, mit der Steckdosen bei Nichtgebrauch luft- und auch sonst recht dicht verschlossen werden können, kostet im Handel sechs Mark. Das hat uns ein Elektrohändler auf Nachfrage gesagt.

Auf dem Laufsteg der Justiz

Von Zeit zu Zeit geht der Justiz ein Richter oder ein Staatsanwalt verloren. Schwuppsdiwupps (nach neuer Rechtschreibung vermutlich: Schwupps di Wupps) und weg ist er. Einfach so. Gestern hat man ihn noch fröhlich grüßend über den Flur laufen sehen, heute ist er wie vom Erdboden verschluckt. Sind Außerirdische im Spiel? Oder doch nur der Gerichtspräsident, der renitentes Personal in den Aktenkeller sperren lässt.

In Wahrheit ist alles viel einfacher: Das Bermuda-Dreieck, das komplette Prädikatsjuristen verschluckt, liegt irgendwo zwischen Hainichen und Oelsnitz. Also in Sachsen. Dorthin sind seit der

Wiedervereinigung diverse Richter und Staatsanwälte als Entwicklungshelfer verschickt worden. Manchmal dürfen sie wieder in die Heimat zurück und erzählen seltsame Dinge wie zum Beispiel die Geschichte vom Robenkrieg.

Für den Laien sehen alle Juristen, egal ob Richter, Anwalt oder Staatsanwalt, gleich aus. Mit ihren schwarzen Roben stehen sie wie die Krähen auf den Gerichtsfluren herum. Doch es gibt einen kleinen, aber feinen Unterschied: Richter dürfen an den Schultern einen Samtbesatz tragen, Anwälte dagegen müssen mit Seide Vorlieb nehmen. Vermutlich erleichtert dies im Alltag die Rechtsfindung, denn sonst würde es ja die Vorschrift nicht geben.

Ein Strafverteidiger hatte noch nie etwas davon gehört und sich eine Samt-Robe zugelegt. Kriminellerweise trat er damit bei Prozessen in den Neuen Bundesländern auf. Ein Ost-Staatsanwalt witterte sofort Staatsverrat und leitete gegen den Verteidiger ein Verfahren wegen Missbrauchs von Titeln, Berufsbezeichnungen und Abzeichen ein. Höchststrafe: ein Jahr Gefängnis.

Manchmal kann man froh sein, dass es noch Oberstaatsanwälte gibt, denn einem solchen wurde die Akte kurz vor der öffentlichen Auspeitschung des Rechtsanwalts vorgelegt. Schleunigst stellte der Vorgesetzte das Verfahren ein.

Tote reden nur in Fürth

Die Leiche als solche ist der Polizei gar nicht angenehm. Das hat vor allem einen Grund: Tote sind sehr schweigsam. Beamte wiederum machen nichts lieber, als neugierig Leute auszufragen.

Es gibt allerdings immer wieder Ausnahmen – also Leichen, die sich etwas kooperativer verhalten und zur Aufklärung eines Sachverhalts mit der Polizei direkt in Verbindung treten. Einer dieser spektakulären Fälle spielte in Fürth, das nach Überzeugung vieler Bürger der Nachbarstadt Nürnberg ohnehin kaum von einem Friedhof zu unterscheiden ist. Die Hauptrolle spielte ein junger Kommissar.

Dieser Beamte wurde eines Tages mit einem Kollegen nach Fürth bestellt, um an einer von Leichenschau teilzunehmen. Der Gerichtsmediziner kam schnell zu dem Ergebnis „natürliche Todesursache", die Polizisten durften wieder nach Hause fahren. Sie hatten aber noch nicht einmal die Stadtgrenze in Richtung Nürnberg erreicht, da wurden sie von einem hörbar nervösen Fürther zurückgerufen: „Bitte sofort kommen. Wir hören Geräusche aus dem Obduktionsraum. Es ist aber keiner mehr drin. Außer dem Toten."

Geister? Zombies? Was mag den Beamten alles im Kopf herumgegangen sein, als sie sich dem unheimlichen Ort näherten. Tatsächlich, da war eine krächzende Männerstimme zu hören. Die Polizisten pirschten sich langsam heran – auf alles gefasst. Und bald konnten sie genaueres hören: „Quäk – Wagen 11, bitte dringend melden – Quäk, Einsatz Maxstraße – Quäk, Betrunkener im Stadtpark...“

Am Ende war die Geschichte dem jungen Kommissar mehr peinlich als unheimlich. Er hatte sein Funkgerät unter einer Decke im Obduktionsraum liegen lassen. Das wird ihm wohl nie mehr passieren. Einmal die Geister gerufen zu haben – das reicht im Normalfall für ein Polizistenleben.

Die Dieren schließn gleich

„Bidde alle einsteichn. Dieren schließn gleich.“ Wenn wir in der Nürnberger U-Bahn solch eine Ansage hören, dann erkennen wir: Heute befördert uns kein Einheimischer durch den Untergrund, sondern ein Zugereister. Ein Sachse.

Nicht viel anders ergeht es uns im Bäckerladen, beim Friseur oder im Zoogeschäft. Die Sachsen kommen. Falsch, sie sind schon da. Und sie stellen durchaus eine Bereicherung der deitschn Sprooche dar. Klingt doch gemiedlich. Oder etwa nich?

Aber es gibt hierzulande kein Thema, das nicht irgendwann einmal vor die Schranken des Gerichts gezerrt würde. Also war es längst überfällig, dass sich die Juristen auch um die Mundart streiten mussten. Ein Arbeitgeber (West) hatte einem seiner Handelsvertreter (Ost) gekündigt. Die Begründung: Der Mann spreche nur sächsisch und könne deswegen der Kundschaft außerhalb Sachsens nicht zugemutet werden. Es sei ja genauso wenig denkbar, einen Rheinländer ins Bayerische Oberland zu entsenden, damit er dort Melkmaschinen verkaufe.

Die Richter schlossen sich dieser Meinung nicht an. Der Dialekt eines Angestellten sei in der Regel schon bei Vertragsabschluss bekannt und sowieso kein ausreichender Kündigungsgrund. Ungemein beruhigend für alle Hessen, die in Thüringen wohnen – ebenso wie für alle Kurpfälzer in Mecklenburg, alle Schwaben in Hamburg und alle Niederbayern im Saarland

Müssten wir einen Kurzkommentar zu dem Prozess verfassen, dann könnte der nur so lauten: Ich weeß nich, mir isses so gomisch, und ärchendwas macht mich verstimmt

Wer fängt das Wörtlein?

Suchmeldung: Ein kleines Wort ist vor längerer Zeit aus dem Duden entlaufen. Zuletzt ist es auf Seite 688, rechts unten, gesehen worden, wenn man Zeugenaussagen glauben darf. Es befand sich bei bester Gesundheit und wirkte reichlich aufgekratzt.

Das Wort ist leicht zu erkennen. Es fängt mit dem Buchstaben „s" an und taucht für sein Leben gern in juristischen Schriftsätzen unter. Es ist dringend verdächtig, zur Aufblähung von Texten beizutragen und diese letztlich unlesbar zu machen. Wir bitten um sachdienliche Hinweise. Sollten diese zur Ergreifung des Tatverdächtigen führen, so winkt als Belohnung eine Familienpackung Buchstabennudeln.

Schon erraten? Das Wörtlein, um das es hier geht, heißt „sogenannt". Immer dann, wenn ein Richter oder Rechtsanwalt beim Diktat nicht mehr weiter weiß, dann lässt er dieses Ungeheuer von der Kette. Der offizielle bayerische Rekord liegt derzeit bei neun sogenannts in einem (zugegebenermaßen sehr langen) Satz. Das ganze liest sich dann etwa so: *In der sogenannten Innenstadt ist kurz vor dem sogenannten Weihnachtsfest ein sogenannter Autofahrer am sogenannten Steuer eines Pkw erwischt worden.* Natürlich von der sogenannten Polizei.

Achtung, wir verraten jetzt ein Geheimnis: Das Wörtlein kann in 90 von 100 Fällen ersatzlos gestrichen werden. Denn alles, was wir Menschen beim Namen nennen, verdient schon alleine deswegen das Prädikat sogenannt. Der Affe, zum Beispiel, heißt Affe, weil er von irgendeinem unserer Vorfahren so genannt worden ist. Ansonsten würden wir heute zu dem Affen möglicherweise Ziehharmonika oder Pfefferminztee sagen und das noch nicht einmal seltsam finden.

Es besteht wenig Hoffnung, dass die Juristen in absehbarer Zeit freiwillig von ihrem Lieblingswort lassen werden. Nennenswerte Erfolge sind erst dann zu erwarten, wenn bundesweit eine Verordnung zur Bekämpfung des sogenannten sogenannt erlassen wird. Eine gute Alternative wäre es, wenn ein mutiger Mensch das sogenannt festgenommen, sobald er es auf frischer Tat in einem Schriftsatz entdeckt hat. Bitte in eine Schublade sperren und nie, nie, nie mehr herauslassen!

Böse, böse Bimmelbahn

Leider sind wir hier nicht beim Radio. Dann würde dieser Beitrag nämlich mit einem schrillen, kreischenden Geräusch beginnen, das jeder Großstädter im Laufe seines Lebens schätzungsweise sehr oft, wenn nicht noch öfter, gehört hat. Es handelt sich um das Bimmeln der Straßenbahn.

Ein lärmgeplagter Nürnberger war es eines Tages leid. Er wollte diesen Laut nicht mehr hören oder, wenn es sich schon nicht vermeiden lasse, dann wenigstens fürstlich dafür entschädigt werden. Der Mann nahm den Kampf gegen die mächtige Verkehrs AG (VAG) auf. Er hatte den Verdacht, dass die Straßenbahnfahrer manchmal nur deswegen bimmeln, weil ihnen gerade nach bimmeln zu Mute ist. Deswegen legte er ein Geräusche-Heft an und notierte darin jedes überflüssige Bimmeln.

Weil er die Daten nun schon einmal so schön beinander hatte, zog er damit vors Amtsgericht. In einer Zivilklage fordert er pro Bimmelbimm eine Entschädigung von 100 Mark. Die VAG kann sich bei dem Mann sogar noch für seine Bescheidenheit bedanken. Er hat nicht etwa alle Geräusche der vergangenen 20 Jahre zusammengezählt, sondern vorerst nur einen einzigen Tag in Rechnung gestellt. Das macht schlappe 1100 Mark.

Große Ideen scheitern oft an Kleinigkeiten. So war es auch hier. Der Richter verlangte 210 Mark Prozesskostenvorschuss, damit das Verfahren überhaupt anrollt. Aber der Kläger wollte oder konnte nichts bezahlen. Und so schlummert ein höchst brisantes Verfahren in der Ablage des Amtsgerichts. Wehe, es kommt einmal jemand auf die Idee, die Klage durch die Zahlung von 210 Mark wachzuküssen.

Kaufrausch im Kosmos

Es möchte gut sein, liebe Leserinnen und Leser, dass es gleich bei Ihnen klingelt. Dann steht ein Männlein mit abgewetztem Musterkoffer vor der Türe und sagt sehr freundlich: „Guten Tag, wir hätten noch ein wenig Mond übrig. Erstklassige Ware, von führenden Astronautengattinnen empfohlen, bitte greifen Sie schnell zu."

Es ist wie immer. Man bittet den Vertreter in die Wohnung, weil man sich nicht nein sagen traut. Außerdem haben die Nachbarn, soweit bekannt, noch keinen Mond erworben, was die Sache schon mal grundsätzlich interessant macht. Das Männlein schwärmt ein wenig vom Weltall, zeigt Bilder her und schon liegt der unterschriftsreife Vertrag auf dem Tisch.

Nun bieten sich gedanklich zwei Möglichkeiten an. Entweder der Vertreter ist einer geschlossenen Anstalt entsprungen, hält sich für Albert Einstein und will nach und nach den Kosmos an Privathaushalte verkaufen. In diesem Fall sollte man nicht zu kleinlich sein und reichlich Mond nehmen, am besten aufs volle Kilo aufgehen lassen. Lösung zwei: Der Vertreter ist tatsächlich Handlungsreisender einer amerikanischen Firma und versucht, Mond-Grundstücke loszuwerden. Hier ist Vorsicht geboten.

Zum Glück besitzt die Universität zu Köln ein Institut für Weltraumrecht, das uns vor allen interplanetarischen Neppern, Schleppern und Bauernfängern warnen kann. Diese Experten haben schon vor langer Zeit festgestellt, dass der Mond niemandem gehört. Er ist frei und ungebunden – und damit übrigens durchaus mit einem Professor für Weltraumrecht zu vergleichen.

Die obige Rechtsauskunft wird auch einen Rentner aus Westfalen schwer enttäuschen. Er behauptet, den Mond von seinen Vorfahren geerbt zu haben. Angeblich handelte es sich dabei um ein Geschenk von Friedrich dem Großen. Ähnliche Ansprüche erheben Hunderte von Menschen auf der ganzen Welt. Der Mond wird langsam knapp. Wenn das so weitergeht, dann lesen wir bald im Immobilienteil der Wochenendzeitungen folgende

Anzeigen: „Saturn, gut erhalten, günst. Abzugeben, Ringe gratis" – „Pluto, mit leichten Fehlern, von privat an privat" – „Jupiter, der Quadratmeter jetzt nur für zehn Mark".

Der Raum, den es nicht gibt

Arnold G. wäre beinahe um das Vergnügen gekommen, den Vormittag des 24. Dezember so zu verbringen wie die meisten, ja im Grunde alle Männer – nämlich mit einer panischen Jagd durch Parfümerien, Kaufhäuser und Schmuckgeschäfte. Auf der Suche nach einem Geschenk für seine Liebste, das so aussieht, als ob es bereits Ende Oktober mit viel Sorgfalt ausgewählt worden wäre.

Diese letzte Gelegenheit zum Einkauf und wohl auch das Fest selbst nebst Jahreswechsel hätte Arnold G. beinahe im Gefängnis verbracht. Und das kam so: Der junge Mann hatte am Tag vor Weihnachten einen Gerichtstermin. Er war ziemlich früh dran und hatte sich schon darauf gefasst gemacht, ewig auf dem Flur warten zu müssen. Um so mehr freute er sich, als er entdeckte, dass die Justiz nun auch einen Warteraum für Angeklagte eingerichtet habe. In diesen Raum setzte er sich und wartete. Und wartete. Zwei Stunden lang. Nichts rührte sich.

Das Problem an der Sache: Einen Warteraum gibt es bei der Justiz noch gar nicht. Arnold G. hatte sich in ein Beratungszimmer des Gerichts gesetzt, dessen Türe aus Versehen offen gestanden war. Während er hier Däumchen drehte, wurde nebenan sein eigener Prozess aufgerufen. Der Angeklagte fehlte unentschuldigt und der Staatsanwalt beantragte einen Haftbefehl, den der Richter auch sofort erließ. Damit war es um Arnold G. geschehen bzw. es wäre fast um ihn geschehen gewesen.

Aber nach zwei bis drei Stunden raffte sich der Angeklagte dann doch noch auf, einmal nachzuschauen, warum sich sein Prozess so verzögert. Und er stellte fest, dass keiner mehr da war. Nur ein Wachtmeister gabelte ihn zufällig am Flur auf und half ihm dabei den Irrtum zu korrigieren. Der Haftbefehl wurde aufgehoben, die Sitzung vertagt. Und Arnold konnte wie gewohnt an der jährlichen Hatz am Weihnachtsvormittag teilnehmen.

Weltbüromöbeltag

Es muss zwischendrin auch mal erlaubt sein, eine schlechte Idee zu haben. Eine grottenschlechte Idee vielleicht, die einem gehabt zu haben später sogar ein wenig peinlich ist.

Genau das passierte vor zehn Jahren, als das Nürnberger Justizmuseum eröffnet wurde. Nach Auskunft von Zeitzeugen handelte es sich um eine Ansammlung in die Jahre gekommener und dabei nicht unbedingt attraktiver gewordener Schreib- und Rechenmaschinen. Mit dem einzigen vorgezeigten Marterinstrument, einem Brandeisen, waren in früherer Zeit nicht etwa Angeklagte traktiert, sondern Büromöbel als Staatseigentum gekennzeichnet worden.

Journalisten wurden in die Kellergewölbe der Justiz geladen, um in ihren Zeitungen und Sendern das einzigartige Museum zu preisen. Man hätte die Berichterstatter vorsorglich etwas foltern oder ihnen zumindest mit dem herumliegenden Brandeisen drohen sollen, dann wären ihre Kommentare hymnischer ausgefallen. Statt dessen regnete es aber nur Hohn und Spott.

Das Museum war daraufhin ernsthaft beleidigt und stellte nach wenigen Öffnungsstunden seinen Betrieb ein. Fortan wuchs Gras über die Sache. Keiner interessierte sich noch dafür. Bis gestern.

Per Fax meldete sich eine 22-köpfige Delegation der *Federal Bureau Computing Assoziation International* zur Besichtigung an. Der Vorsitzende, so hieß es in dem Schreiben wolle der Nürnberger Justiz zum zehnjährigen Bestehen des Museums gratulieren und auch eine Urkunde für die Pflege und Erhaltung historischer Büroausstattung überreichen.

Was nun? Erst hatte es wegen der Eröffnung des Museums Ärger gegeben, nun drohte eine peinliche Situation wegen seiner Schließung. Wir wissen nicht, was in den Köpfen der Verantwortlichen vorgegangen ist. Wir hoffen, dass ihnen rechtzeitig eingefallen ist, welcher Tag gestern war. Nein, nicht der Weltbüromöbeltag. Eher schon der Faschingsdienstag.

Der Zufall heißt Paul

Es gibt nichts Schöneres als den Zufall. Und besonders schön ist der Zufall dann, wenn er den Vornamen Paul trägt. Wer an dieser Stelle des Textes nicht durchblickt, muss sich keine Sorgen machen. Das dauert noch ein wenig.

Einmal im Jahr veranstaltet das *Sonntagsblatt*, eine evangelische Wochenzeitung für Bayern, ein Preisrätsel. Dabei schadet es zum Beispiel nicht, zu wissen, wie die Frau von Martin Luther geheißen hat. „Frau Luther" wäre übrigens eine falsche und obendrein auch noch äußerst einfältige Antwort. Die Zeitung schüttet in verschwenderischer Weise 100 Preise aus – darunter evangelische Bücher und evangelische Lebkuchen.

Einer der Spitzengewinne ist eine Fahrt nach München zum Redaktionsbesuch. Und jetzt kommt Paul, zwei Jahre alt, ins Spiel. Der durfte bei dem Rätsel die Glücksfee spielen, weil sein Vater der Chefredakteur ist. Und was tat er, der Schlingel? Er ließ unter 812 Einsendern die Fahrt nach München ausgerechnet einigen Häftlingen des Nürnberger Gefängnisses zukommen. Genauer gesagt, der Gottesdienstgruppe in den Häusern A, B, C und E.

Bisher dachten wir, der einzige im Gefängnis zulässige Ausflug wäre die Reise nach Jerusalem, also der musikalisch untermalte Tanz um einige Stühle herum. Doch die Häftlinge hatten Glück. Weil sie allesamt nur sehr kurze Strafen verbüßten und nicht als gefährlich galten, durften sie zu dem Redaktionsbesuch aufbrechen.

Gleichzeitig raten wir den Insassen von Vollzugsanstalten dringend davon ab, sich an Preisausschreiben zu beteiligen, deren Hauptgewinn für drei Wochen in die Karibik führt. Das würde nicht genehmigt. Selbst, wenn man wüsste, wer Katharina von Bora war.

Das Volk der Lächler und Grinser

Wir Deutschen sind das Volk der Dichter und Denker – und nicht das Volk der Lächler und Grinser. Mit Ausbrüchen von Heiterkeit und Freundlichkeit geht man hier zu Lande äußerst sparsam um. Wenn es sich schon drei- bis viermal pro Jahr nicht vermeiden lässt, die Mundwinkel zu einem leichten Grinsen zu verziehen, dann bitte in einem abgedunkelten Raum.

Ein schönes Beispiel für abgrundtiefe Unlust, gepaart mit Unhöflichkeit, liefern immer wieder Handwerker. Erst kürzlich im eigenen Büro erlebt: Ein Mann im blauen Kittel betrat grußlos den Raum, montierte das Telefon ab, packte es in seine Tasche und verließ den Raum. Kein einziges Wort hatte er dabei gesprochen. Es blieb den Anwesenden überlassen, nun zu entscheiden, ob es sich um einen besonders dreisten Fall von Diebstahl gehandelt hatte oder um den überfälligen Besuch eines Monteurs.

Ein Mann aus Göttingen hatte solche Erlebnisse satt. Er wünschte sich, dass alle Menschen nett zu ihm wären. Ganz besonders sein Schornsteinfeger. Jahrelang war ihm dieser Besucher aufs Dach gestiegen und hatte von der ersten bis zur letzten Sekunde herumgemotzt.

Der Hausbesitzer wandte sich in seiner Verzweiflung an das nächstgelegene Landratsamt und schließlich landete die Sache sogar beim Verwaltungsgericht. Das Urteil lässt an Deutlichkeit nichts zu wünschen übrig. Kurzgefasst lautete es ungefähr so: Schornsteinfeger müssen höflich zu ihren Kunden sein.

Leider gilt der Richterspruch nicht automatisch auch für alle Gas- und Wasserinstallateure Schuhverkäuferinnen, Scherenschleifer, Journalisten, Kellner und Polizeiobermeisterinnen Das würde die Sache in Zukunft etwas einfacher machen. So bleibt uns bei der nächsten Begegnung mit einem Griesgram nichts anderes übrig, als mit einer Klage vor dem Verwaltungsgericht zu drohen. Mal sehen, ob das hilft.

4c oder doch lieber Sex?

„Wenn man kein Haus hat, was ist man dann?" fragte Karl Valentin eines Tages auf der Bühne seine Partnerin Liesl Karlstadt. Die Antwort darauf gab er gleich selber: „Nix ist man dann. Einfach gar nix. Nicht mal ein Hausbesitzer."

Leider sind die Zeiten schon lange vorbei, als Karl Valentin die Welt noch auf solch einleuchtende Weise erklärte. Es wird wahrscheinlich auch keiner mehr kommen, der das annähernd gut beherrscht. Bemühen tun sich aber viele. Vor allem die Verfasser von Verordnungen und Gesetzestexten schaffen es in ihren lichtesten Momenten, ein wenig an den Meister zu erinnern. Ihre Werke werden aber selten öffentlich aufgeführt, sondern meistens nur in Amtsblättern abgedruckt, also quasi bei lebendigem Leibe begraben.

Einige ausgereifte Texte wollen wir heute mal einem breiteren Publikum bekannt machen. Platz drei auf der Hitliste hält folgender Satz von edler Einfalt und stiller Größe: *Stirbt ein Bediensteter während einer Dienstreise, so ist damit die Dienstreise beendet.* Auch das Leben, möchte man als Laie hinzufügen. Die Silbermedaille verdient aber ein anderes Werk: *Bei Neugeborenen, die nach den Grundsätzen des § 13 Ziffer 4c zu Stande gekommen sind, finden die Bestimmungen der §§ 14 und 15 keine Anwendung.* Und wir hatten lange Zeit gedacht, Kinder kämen zu Stande, indem Frau und Mann etwas anderes tun, als sich mit Ziffer 4 zu beschäftigen.

And the winner is... *Dies bedeutet aber nicht, dass deshalb die Anfechtung hinsichtlich der Anfechtungsfrist wie die Anfechtung einer Ausschlagung und die Anfechtung einer Anfechtung einer Ausschlagung wie die Anfechtung einer Annahme behandelt werden müssten.* Fünf Anfechtungen, zwei Ausschlagungen und diverse Fristen. Wer das in einem einzigen Satz unterbringt, dem würde auch Herr V. , selig, gratulieren.

Oechsle-Fieber am Nil

Also, das weiß doch nun wirklich jeder: Weintrinken ist nicht das formlose Hinunterschütten von Flüssigkeit, sondern eine kulturelle Angelegenheit. Wenn der Kenner vor seinem Gläschen Beerenauslese (Südhang, dritte Traube von rechts) sitzt und ihn dabei eine Winzigkeit stört, dann gehen schon mal die Oechsle mit ihm durch.

Ein Ehepaar zog jüngst wegen eines nachhaltig verdorbenen Weingenusses vor den Zivilrichter. Die beiden hatten eine Nilkreuzfahrt gebucht und dabei einen nicht wohltemperierten Weißwein serviert bekommen. Zu warm sei der edle Tropfen gewesen, jammerten die Urlauber nach ihrer Rückkehr. Wegen dieser und anderer Menschenrechtsverletzungen forderten sie 300 Mark pro Nase zurück.

Allen Nicht-Ägyptern stellt sich darüber hinaus natürlich die Frage, wo die Manieren der Ägypter bleiben. Besitzen sie denn nicht eines der gängigen Handbücher? Darin ist nachzulesen: „Er (der Wein, vielleicht aber auch der Ägypter) verträgt keine Wechselbäder. Ein plötzlicher Temperaturschreck kann ihn krank werden lassen." 10 bis 12 Grad sind angemessen, alles andere ist von Übel. Punktum.

Allen zivilisierten Urlaubern kann nach diesen Erfahrungen nur geraten werden, vor Reiseantritt eine Weinversicherung abzuschließen. Falls es die überhaupt gibt. Für jedes Grad zuviel oder zuwenig müsste schon ein Hunderter als Entschädigung drin sein. Vielleicht würden sich dann die Herren Oberkellner in Simbabwe oder auf Papua Neuguinea etwas mehr anstrengen.

Unser nach Schadenersatz lechzendes Ehepaar – nur am Rande sei erwähnt, dass es aus Schwaben stammte – hatte auf dem Nil noch ganz andere Sorgen. Zum Beispiel war auf dem Schiff keine Limonadensorte der Marke „Sprite" zu haben, was die beiden in ihrem Wohlbefinden doch sehr kränkte. Die Liste ließe sich noch lange fortsetzen, mit rationierten Bananen, Renovierungsarbeiten auf dem Schiff usw.

Zu einem Prozess kam es nicht. Leider. Der Reiseveranstalter zahlte freiwillig 150 Mark. Wahrscheinlich, um seine Ruhe zu haben. Wir aber hätten den Schwaben in der Justizkantine gerne mit einem „Sprite" zugeprostet. Richtig temperiert, versteht sich.

Der elektrische Anwalt

Ein Trend zur Zweitrobe ist bei den meisten Juristen derzeit noch nicht zu erkennen. Traditionsgemäß kaufen sich die jungen Rechtsreferendarinnen und -referendare für ein paar Hundert Mark ein neues Stück. Und das muss dann bis zum Ende der Karriere alle Stürme des Berufslebens aushalten.

So mancher Amts- oder Landrichter wird rein optisch zum Ritter von der traurigen Gestalt, wenn es auf die Pension zugeht. Hier ein gestopftes Loch in der Robe, dort hängt ein Faden heraus und am Ellenbogen ist der Umhang so durchsichtig wie Pausenbrotpapier. Sähe man so jemanden auf der Straße, ohne zu wissen, dass er monatlich 7000 Mark und mehr nach Hause bringt – man würde ihm glatt eine Mark in die Hand drücken und ihm für die Zukunft alles Gute wünschen.

Die Anwälte schwelgen dagegen, wie sollte es anders sein, im Luxus. Inzwischen hat sich sogar der Modeschöpfer Pierre Cardin aus Frankreich dieses Berufsstandes angenommen. Er entwarf eine spezielle Robe für stressgeplagte Anwälte.

Der Gag an der Erfindung: In den Stoff sind kleine Metallfäden eingewebt, welche die Elektrizität im Körper des Anwalts aufnehmen und weiterleiten solle. Statt hochroter Köpfe während einer

Gerichtsverhandlung werden wir also in Zukunft nur noch winzige Stressblitze sehen, die durch den Raum geschleudert werden. Geistesblitze können leider derzeit noch nicht sichtbar gemacht werden. Aber vielleicht arbeitet Herr Cardin ja auch daran.

Alles Gte. und bis bld.

Mit der SPD, dem LKW und dem EKG haben wir uns alle längst abgefunden. Im Leben braucht es nun mal Abkürzungen. Gäbe es sie nicht, würden wir den halben Tag damit zubringen, unaussprechliche Dinge wie Sozialdemokratischeparteideutschlands über unsere Lippen zu bringen.

Allerdings fragt man sich gelegentlich, warum denn für alles und jedes, das auf Erden existiert, eine Abk. gefunden werden muss. Eine Fr. hat uns v.k. glaubh. berichtet, in einem ihrer früheren Schulzeugnisse sei von der Lehrerin doch tatsächlich die Note „gut" mit „gt." abgekürzt worden. Auch nach gründlicher Überprüfung ist uns nicht klar geworden, worin bei dieser Übung die Ersparnis liegen soll.

Dem Finanzgericht Rheinland-Pfalz ist es ähnlich ergangen. Als sich ein Bürger über diverse, durch Abkürzungen verunstaltete, Form- und Merkblätter beschwerte, da gaben ihm die Juristen Recht. Der Vordruck „FW" zum Beispiel sei nicht eindeutig genug gefasst, hieß es in dem Urteil. Wenn der Steuerzahler beim Ausfüllen solcher Formulare einen Fehler mache, dann müsse man ihm das verzeihen. Zurück zu der Überschrift „FW". Es handelt sich dabei nicht, wie viele Laien auf Anhieb vermuten werden, um das Frohe-Weihnachten-Formblatt des Finanzamts, sondern viel banaler um die Förderung des Wohneigentums. Muss einem ja mal gesagt werden.

Wer dem Abkürzungsfimmel endgültig verfallen möchte, der sollte sich gelegentlich im Buchhandel eines der gängigen Abkürzungsbücher besorgen. Damit kann er dann komplett sinnentleerte, aber goldige Sätze bilden. Wie zum Beispiel diesen: *Der G.V.O. v.D begrüßt eine Delegation des I.C.A.A.A.A. und überreicht jedem ein Exemplar der ESO.* Alles verstanden? Die Übersetzung heißt: Der Gräberverwaltungsoffizier vom Dienst begrüßt eine Delegation der amerikanischen Studentensportvereinigung und überreicht jedem ein Exemplar der Eisenbahn-Signalordnung.

Sänger ohne Stimme

Der freiberufliche Opernsänger Paolo kann eine Reihe schöner Erfolge vorweisen. Unter anderem hätte er, wenn nicht etwas dazwischengekommen wäre, einmal fast in einer Fernsehsendung mit Caroline Reiber auftreten dürfen. Und im Prinzip müsste es auch schon längst eine CD von ihm geben, auf der er Lieder über die Liebe und die schwarzen Augen diverser Frauen singt.

Seinen jüngsten öffentlichen Auftritt hatte Paolo vor kleinem Publikum, nämlich vor einer Zivilkammer des Landgerichts. Er hätte rein gar nichts dagegen gehabt, den Richtern zur Auflockerung eine Kostprobe seines Könnens zu geben, doch die Herren winkten ab und verschanzten sich hinter ihren Akten. Sie schauten nicht einmal das Foto an, das den Künstler auf einer Tournee zeigt.

In dem Prozess ging es um etwas anderes, nämlich um den atemberaubenden Vorwurf, dass der ehemalige Koch und Wachmann Paolo zwar vielleicht alles mögliche könne, keinesfalls aber singen. Das hatte ein Aufnahmeleiter behauptet. Der Beginn einer heftigen, bühnenreifen Feindschaft. Die beiden Männer hatten ursprünglich, als sie noch Freunde waren, die Stimme des Opernsängers aufnehmen wollen. Zum Vorspielen für Plattenfirmen, aber generell auch für die Nachwelt. Zunächst einmal wurde ein Band gefertigt, aus dem dann eine CD entstehen sollte. Der Künstler zahlte rund 2000 Mark und erhielt dafür eine Kassette, auf der – vorsichtig formuliert – starke Nebengeräusche zu hören waren.

Paolo zog vor Gericht, er wollte sein Geld zurück. Er behauptete, der Aufnahmeleiter sei ein Pfuscher, der schon 20 Minuten brauche, bis er den richtigen Stecker für seine Geräte gefunden habe. Der Techniker erwiderte: von wegen Künstler. Dieser angebliche Sänger räuspert sich ständig und schnauft so laut ins Mikrofon, dass es eine Zumutung ist.

Vorsitzende Richter haben höchstens Erfahrung mit dem Gesang in der Badewanne. Insofern war der Prozess eine echte Herausforderung. Die Kammer schaffte es, die beiden Streithähne zu einem Vergleich zu bewegen. Paolo zieht seine Klage zurück und erhält dafür von seinem Gegner die bisher hartnäckig verweigerte Original-Kassette, die er dann in einem Tonstudio nachbessern lassen kann.

Der Sänger war zufrieden mit dem Urteil und äußerte im Hinausgehen noch ganz nebenbei, dass außer den Richtern doch alle Menschen auf der Welt Banditen seien. Carolin Reiber ist damals wirklich etwas entgangen.

Traumfrau, wo bist du?

Wenn man dem frechen Mundwerk vieler Männer glauben darf, dann ist das Anbaggern von Frauen für sie eine der leichtesten Übungen. Immer schön lässig bleiben, ein flotter Spruch und dann läuft die Sache von alleine.

Hubert kann da nur müde lächeln. Bei ihm ist nichts, aber auch gar nichts, von alleine gelaufen. Und am Ende hatte er kein Rendezvous mit der Frau, die ihm gefiel, sondern eines mit dem Staatsanwalt. Wir blenden zurück: ein Oktober-abend in einem Gasthaus. Huberts Hormon-haushalt weist keine besonderen Schwankungen auf. Doch plötzlich sieht er seine Traumfrau am Nebentisch sitzen. Nicht alleine, sondern in Begleitung ihrer Eltern. Immer wieder blickt er hinüber, weiß aber nicht, was er tun soll.

Wir Außenstehenden können nur ahnen, was sich in Hubert abspielte. Kleinhirn an Beine: Sofort aufstehen und hinübergehen, am besten auf die Knie sinken. Großhirn an Kleinhirn: Du spinnst wohl. Willst du etwa, dass uns die halbe Kneipe auslacht? Das Großhirn siegte. Der junge Mann blieb sitzen, als die Familie vom Nebentisch davonzog. Huberts Kraft reichte lediglich noch dafür, sich das Autokennzeichen zu notieren.

Am nächsten Tag erschien er bei der Polizei. Unerhört, sagte er, eben jenes Auto sei gestern abend durch eine Wasserpfütze gefahren und habe ihm seine Hose versaut. Ob er denn nicht ganz unbürokratisch die Adresse bekommen könnte... Konnte er nicht. Aber wenigstens die Telefonnummer rückte die Polizei heraus.

Gleich eine Stunde später rief Hubert unter dieser Nummer an und hatte den Vater am Apparat. Er gestand sofort seinen Trick mit der Wasserpfütze – Notlüge, hahaha _ und bat um eine Audienz bei der hübschen Frau. Der Vater fand das gar nicht lustig und vermittelte den Anrufer statt an seine Tochter an die Polizei. Gegen Hubert wurde wegen „Ausspähens von Daten" ermittelt.

Der Staatsanwalt, selbst wohl auch schon mindestens einmal unglücklich verliebt, stellte das Verfahren nach dreimonatigen Ermittlungen ein. Mit dem Hinweis, Hubert solle sich in Zukunft andere Partnervermittler als die Polizei suchen. Die Traumfrau wird wohl das bleiben, was der Name schon besagt. Ein Traum.

Beamte und andere Könige

„Der Staat bin ich." Diesen Satz soll vor langer Zeit mal ein rechter Prahlhans von einem König hinausposaunt haben. Er täuschte sich gewaltig. Eines Tages starb nämlich der König. Und anstatt anstandshalber gleich mitzusterben, lebte das Volk frech weiter.

Heute gibt es zwar auf der Welt keine Könige mehr, aber dafür so etwas ähnliches – die Beamten des gehobenen und des höheren Dienstes. Sie sind bescheiden und bestehen nur im Ausnahmefall darauf, mit „Ihro Majestät" angesprochen zu werden. Allerdings vertreten sie manches Mal ebenso vehement die These „Der Staat bin ich".

Ein schönes Beispiel dafür lieferte ein Mitarbeiter der Bundesausführungs-Behörde für Unfallversicherung. Er schrieb einen Brief. Es ging darin um eine Rentenfrage von nicht gerade umwerfendem Inhalt. Die Sache betraf einen Herrn Huber (*Name geändert*).

Mitten in dem Text überkam den Leser ein Staunen. Stand doch da wörtlich geschrieben: *Herr Huber erhält von mir eine monatliche Rente von derzeit...* Auch beim zweiten und dritten Durchlesen änderte sich nicht. Erhält von mir eine monatliche Rente. Von mir! Es war uns bis zu jenem Zeitpunkt völlig unbekannt, dass die

Beschäftigten der gesetzlichen Unfallversicherung die Renten für die Bürger aus eigener Tasche bezahlen müssen. Kein Wunder, wenn sie so ungern etwas hergeben. Auch Beamte wollen sich schließlich mal ein Butterbrot mit Schnittlauch leisten können.

Nun, ihr Rentenbezieher! Reißt euch am Riemen und sammelt ein wenig für die Damen und Herren der Bundesausführungsbehörde. Das ganze Jahr über fresst ihr denen die Haare vom Kopf, da könnt ihr euch gelegentlich schon mal dankbar zeigen. Man nimmt auch Kleingeld.

Kind entdeckt, Geld zurück

Endlich sind wir wieder unter uns. Mit vollbepacktem Auto haben sich Freunde, Arbeitskollegen, Schwippschwäger in die Ferien verabschiedet. Bei den Menschen, denen man jetzt noch in Deutschland begegnet, handelt es sich um optische Täuschungen oder um japanische Touristen.

Reiseprospekten und erlogenen Ansichtskarten zu Folge ist es im Urlaub grundsätzlich prima/ super/ wunderbar. Die Wahrheit über die schönsten Wochen des Jahres erfahren wir Daheimgebliebenen ungefähr Mitte September. Dann finden vor den Amtsgerichten die ersten

Zivilprozesse statt. Klagegründe gibt es genug. Ein Reisender kann sich etwa darüber beschweren, dass er im Hotel einem Kind begegnet ist. Kann man sich etwas Ekligeres vorstellen?

Ein Urlauber jedenfalls bezeichnete es durch zwei Gerichtsinstanzen hindurch als einen erheblichen Reisemangel, dass sich im Speisesaal nicht nur Rentner und andere, über 50-jährige Jugendliche befunden hatten, sondern auch Kinder. Er war der Meinung, dass ihm der Veranstalter Geld zurückzahlen müsse. Er war, soviel sei schon verraten, der einzige mit dieser Meinung.

Der Kläger hat im Prinzip nichts gegen Kinder – so lange sie auf ihren Stühlen angeschnallt sind und ausschließlich intravenös ernährt werden. Wenn aber ein – igitt – Kind im Restaurant herumspaziert oder gar eigene Essversuche unternimmt, dann stört ihn das gewaltig. Peinlich genug, wenn es Eltern nicht verstehen, ihrem Vierjährigen beizubringen, wie er mit Fischmesser und Schneckenzange umgehen muss.

Erfreulicherweise gibt es Menschen wie unseren Kläger, die bereits im Smoking und mit perfekten Tischsitten auf die Welt gekommen sind und kurz danach ihre Hebamme mit einem Handkuss begrüßt haben.

Die Nummer mit der Brille

Nicht das Dressieren von sibirischen Tigern oder das Fensterputzen an Fernsehtürmen ist das Gefährlichste, was ein Mensch unternehmen kann. Weit riskanter scheint da schon der Alltag. Unter Juristen sorgt zur Zeit ein dramatischer Fall für Aufsehen. Das Unglück ereignete sich, als eine Frau in einem Kaufhaus eine Sonnenbrille anprobieren wollte.

Es soll in Mitteleuropa zahlreiche Akrobaten geben, die schon jahrelang mehrfach täglich eine Brille aufsetzen und wieder abnehmen. Angeblich betreiben sie diesen Leistungssport ohne größere körperliche Folgeschäden. Die eingangs erwähnte Frau gehört nicht dazu. Sie verklagte das Kaufhaus wegen einer Verletzung der Verkehrs-Sicherungspflicht auf 8000 Mark Schmerzensgeld.

Ähnliche Klagen erreichen die Gerichte regelmäßig nach Volksfesten und Kirchweihen. Ein Mann hat beispielsweise acht bis 13 Liter Bier getrunken, ist beim Heimgehen über den Randstein gestolpert und hat sich den Arm gebrochen. Kaum ausgenüchtert und eingegipst wird er bei Gericht vorstellig und fordert von der Stadtverwaltung Genugtuung. Seine Begründung ist gnadenlos und einleuchtend: Hätte die Kommune auf die Errichtung von Randsteinen verzichtet, dann wäre dieser Unfall nicht geschehen.

Hilfsweise führen der Kläger und sein Rechtsanwalt an, dass die Stadt ihrer Aufsichtspflicht nicht nachgekommen sei. Das mindeste an Sorgfalt sei es ja wohl, alle drei Meter einen Beamten des mittleren Diensts aufzustellen, der im Minutentakt „Obacht, Randstein!" ruft.

Eine ... äh ... Frau

Am 6. April 1922 – kurz vor Dienstschluss – hat die deutsche Justiz entdeckt, dass es neben dem Mann noch ein anderes, ein zweites Geschlecht gibt. Man einigte sich auf den Namen „Frau".

Damals kursierten die wildesten Gerüchte. So behauptete sogar jemand, etwa die Hälfte aller Menschen seien Frauen. In Juristenkreisen herrschte große Unsicherheit über das weitere Vorgehen: Sollten die Behörden darauf regieren? Oder besser so tun, als hätten sie nichts bemerkt?

Die Justizminister der Länder waren großzügig. Sie entschieden: Wenn es nun schon mal Frauen gibt, dann lassen wir sie auch ein bisschen mitmachen. Und so wurde 1922 die erste Laienrichterin – sprich: Schöffin – in ihr Amt eingeführt. Besonnene Menschen wie etwa ein

Landgerichtspräsident namens Niem warnten davor. Das Weibliche an sich, stellte er fest, sei eine „Gefahr für die Rechtspflege". Warum, das verriet er leider nicht. Wir verraten dagegen freimütig, dass auch zahlreiche Männer eine Gefahr für die Rechtspflege darstellen.

Fußball im Weltall

Vor mehreren Sommern, wie man unter uns Indianern zu sagen pflegt, haben zwei Nürnberger Buben um einen Fußball gestritten. Dieser Ball ist schließlich nach einem Superweitschuss spurlos verschwunden.

Eventuell wurde er von einem Schwarzen Loch im Weltall aufgesaugt. Es kann aber auch nur ein Hausmeister gewesen sein, der ihn beschlagnahmt hat. Im Endeffekt haben Schwarze Löcher und Hausmeister nämlich exakt dieselbe Wirkung auf unerlaubt in der Gegend herumfliegende Fußbälle.

Zwei Jahre nach dem Verschwinden des Balles traf eine Zivilklage auf der Geschäftsstelle des Amtsgerichts ein. Der eine Junge, vertreten durch seine Eltern, verklagte den anderen Jungen auf gut 30 Mark Schadenersatz für den Ball. Die Eltern des Klägers forderten vom Richter auch gleich noch Prozesskostenhilfe (150 Mark). Schließlich habe ihr Sohn kein eigenes Einkommen.

Wer an dieser Stelle zu überlegen beginnt, ob der Staat dem Kind nicht lieber einen neuen Ball (50 Mark) kaufen sollte anstatt die Prozesskostenhilfe zu zahlen, der liegt nicht völlig falsch. Aber am Ende gab es nichts von beiden, weder den Ball noch den Prozess-Zuschuss. Der zuständige Richter kündigte nämlich an, die Einkommensverhältnisse der Eltern überprüfen zu lassen – und da wurde der Antrag auf staatliche Hilfe schnell zurückgenommen. Dem Vernehmen nach sind sowohl Mutter als auch Vater des Jungen als Ärzte tätig.

Ob nun Eltern und Kinder weiter um den Ball streiten, das wissen wir nicht. Und wir wollen es auch gar nicht wissen.

Es lebe das Formblatt!

Ohne vorgedrucktes Formblatt läuft in einer Behörde wenig. Und der ärmste Mensch auf Erden ist derjenige, für dessen Anliegen gerade die Formblätter ausgegangen sind. Oder noch schlimmer: für dessen Anliegen es überhaupt keine gibt. Er wird in aller Regel gar nicht zur Kenntnis genommen.

Wir waren es bisher gewohnt, dass Beamte ihre Formblätter von Zeit zu Zeit als Folterwerkzeuge gegen Bürger einsetzen. Eine andere Variante ist vor kurzem bekannt geworden: Beamte schikanieren sich gerne auch untereinander damit.

Unser Beispielsfall spielte an einer Schule im Großraum Nürnberg. Deren brave Sekretärin wollte nichts anderes tun, als der nächsthöheren Behörde etwas mitzuteilen. Und wie wird so etwas gemacht? Mit einem eigens dafür vorgesehenen Formblatt natürlich.

Doch nach kurzer Zeit wurde das Schreiben zurückgesendet. Die Begründung der Aufsichtsbehörde: Man habe eine veraltete und daher ungültige Version dieses Formblatts verwendet. Eine Bearbeitung des Antrags komme deswegen nicht in Frage. Damit begann ein monatelanges Rätselraten. An der Schule fragten sich alle Verwaltungs-Fachleute: Was haben wir nur falsch gemacht? Ein Vergleich zwischen diversen Auflagen des Formblatts erwies sich als fruchtlos. Niemand erkannte einen Unterschied.

Dann endlich – nach langer Zeit, als der Antrag selbst schon keinen Sinn mehr hatte – folgte die Auflösung. Bis auf ein winziges Detail glichen sich die Blätter tatsächlich. Aber da war eben jenes Detail: Der Titel eines Beamten hatte sich geändert. Auf dem einen Formular (alt) wurde er rechts oben noch als Schulrat bezeichnet, auf dem anderen Formular (neu) stand bereits Schulamtsdirektor.

Rechtlich und auch menschlich ist das ganze als eine erfreuliche Angelegenheit zu betrachten. Endlich mal eine Behörde, die bereits den kleinen, alltäglichen Schlampereien Einhalt gebietet und die Bearbeitung von unkorrekten Anträgen verweigert. Da darf es auch keine Rolle spielen, wenn ein paar zusätzliche Arbeitsstunden anfallen, es ist ja für einen guten Zweck.

Beschweren kann man sich darüber sowieso nicht. Es gibt kein Formular.

Grundkurs im Suppenessen

Aus gegebenem Anlass ist diesem Beitrag ein kostenloser Schnellkurs im Suppenessen vorgeschaltet. Wer bereits mehrfach unfallfrei eine Suppe verzehrt hat, der kann die Absätze eins und zwei überspringen.

Also: Eine Suppe ist im Gegensatz zur Schweinebraten und Kohlroulade flüssig. Es wird wenig ergiebig sein, mit Gabel und Messer zu arbeiten. Eher empfiehlt ein Gerät namens Löffel, das der gut sortierte Fachhandel bereithält. Der Löffel selbst ist übrigens nicht zum Verzehr gedacht, sondern kann mehrfach verwendet werden.

Solche Aufklärungsarbeit scheint bitter nötig, wie ein Zivilprozess belegt, der vor dem Amtsgericht geführt wurde. Eine Frau – deutlich über das Grundschulalter hinaus – verklagte einen Gastwirt, weil sie sich beim Suppenessen den Mund gehörig verbrannt hatte. Sie dachte an einen Freundschaftspreis von 1800 Mark Schmerzensgeld, dann wollte sie die ganze Geschichte für immer vergessen und dem Wirt nicht mehr böse sein.

Die Begründung der Klägerin: Der Wirt habe sie beim Servieren der Suppe nicht darauf aufmerksam gemacht, dass selbige heiß sei. Auch am Eingang der Gaststätte waren keinerlei Schilder wie „Vorsicht, warme Gerichte!" angebracht. Ein grober Verstoß gegen die Verkehrssicherungspflicht, meinte die Frau.

Ärztliche Atteste wanderten hin und her, Zeugen wurden gehört, juristische Kommentare gewälzt. Im Urteil formulierte der Richter dann einen Satz, den man in Stein meißeln möchte: *Die Suppe ist ein sogenanntes Heißgericht, welches mit äußerster Vorsicht zu genießen ist.* Eigens gewarnt werden muss davor nicht, Schmerzensgeld gibt es ebenfalls nicht.

Aber wer weiß, vielleicht geht es inzwischen mehr Menschen so wie unserer Klägerin. Sie haben schlichtweg das Essen verlernt und finden sich in Gaststätten nicht mehr zurecht. Die Volkshochschulen werden bald mit besonderen Seminaren darauf reagieren müssen. Als Titel böten sich an: „Pannenfreier Puddinggenuss", „Jägerschnitzel für Anfänger" oder „Bananen öffnen ohne Risiko".

Mausetot, totgemaust

Er ist tot. Mausetot. In gewisser Weise auch totgemaust. Daran besteht kein Zweifel. Niemand hat Wiederbelebungsversuche unternommen. Im Gegenteil, viele lachten sich ins Fäustchen, als er in den letzten Zügen lag.

Die Rede ist von einem sehr betagten Herrn, dem Paragrafen 1300 des Bürgerlichen Gesetzbuchs. Sein leicht gekürzter Wortlaut: *Hat eine unbescholtene Verlobte ihrem Verlobten die Beiwohnung gestattet, so kann sie wegen des Schadens eine billige Entschädigung in Geld verlangen.* Junge Leute werden schon die Wortwahl kaum noch verstehen. Eine *Beiwohnung* hat z. B. nichts damit zu tun, dass man jemanden in seine Wohnung aufnimmt. Das geht auch anderswo.

Rund 100 Jahre lang waren die Kavaliere von der Justiz zur Stelle, wenn eine Frau mit besten Absichten ihre Unschuld dahingegeben hatte und anschließend vom Verlobten fallen gelassen wurde. Dramatische Szenen spielten sich in den Gerichtssälen ab, wenn die enttäuschte Braut dem Schuft zum ersten Mal wieder gegenüber saß.

Nicht nur der materielle Schaden, also die voreilige Anschaffung von Bettwäsche und Geschirr, stand zur Debatte. Auch der Verlust der Jungfräulichkeit wurde mit klingender Münze wettgemacht. Der Verfall der Sitten brachte es mit sich, dass dafür am Ende allerdings nur noch einige 100 Mark zu holen waren.

Vor geraumer Zeit hat einer Amtsrichterin in Münster das „Kranzgeld", wie der Paragraf 1300 auch genannt wurde, hingerichtet. Sie erteilte einer jungen Frau, die 1000 Mark forderte, eine glatte Abfuhr. Heutzutage, so das Urteil, erleide eine entlobte Verlobte *aufgrund eines folgenlos gebliebenen Geschlechtsverkehrs keine weitere Einbuße.* Das Verfassungsgericht sah es ähnlich.

Mit dem Kranzgeld verschwand übrigens auch eine Ungerechtigkeit. Männer haben nämlich für den Verlust ihrer (zweifellos irgendwann im Leben einmal vorhandenen) Unschuld noch nie einen Pfennig erhalten.

Viereckige Vorsitzende

Wir schreiben das Jahr 2056. Willkommen im Urteils-Schnellservice-Center. Von unseren Vorfahren wurde diese Einrichtung Amtsgericht genannt. Juristen aus Fleisch und Blut sind hier kaum noch anzutreffen. Längst wird ihre Arbeit von kleinen Kästen mit scheppernder Stimme erledigt. Das klingt so: Im Namen des ... *Pieps* ... Volkes ergeht folgendes ... *Quäk* ... Urteil.

Der Gerichtspräsident (falls bis dahin noch nicht durch geeignete Chef-Software ersetzt) wird sich freuen. Elektronische Richter mit Kabelanschluss arbeiten rund um die Uhr, maulen nicht nach, benötigen keine Kantinenmarken und pfeifen auf jede Beförderung. Sollten sie mal nicht alle Chips beisammen haben und von der herrschenden Rechtsmeinung abweichen, darf ihnen der Hausmeister ohne jede Vorwarnung den Saft abdrehen.

Warum wir überhaupt dieses zukunftsweisende Thema aufgreifen? Schuld daran ist die Bundesrechtsanwaltskammer. Sie hat einen Pressetext mit dem Titel „Scheidung per Computer" herausgegeben, indem sie über die Vorteile dieser Zauberei berichtet.

Ich rufe hiermit den ... *Schepper* ... Scheidungstermin Müller gegen Müller auf. So werden die viereckigen Vorsitzenden des Familiengerichts, die Herren Apple und Microsoft, die Parteien begrüßen. Beides übrigens geniale Juristen. Wenn sie zwischendurch mal leise qietschen, bedeutet das nichts.

Die ganze Verhandlung, die sich früher dank menschlicher Umstandskrämerei ewig hinzog, dauert bald nur noch einige Giga-Sekunden. Im Notfall darf man sich gegen einen geringen Aufpreis auch online scheiden lassen.

Nur eines könnte problematisch werden. Wenn den Scheidungsrichter ein Virus befällt, dann liefert er wohl kaum noch – wie sein grippegeplagter menschlicher Vorgänger – ein halbwegs brauchbares Urteil. Nein, dann druckt er möglicherweise solche Sätze aus: *Ghall srpshiiirsnn. So klonnu digi offleutnnh migu button womtessle an. Mrgbitgsgp üölllotsgreta oiduts redef. tsi thcer saw sella.* Das muss uns dann erst einmal der Bundesverfassungsgerichts-computer erklären.

Manager mit Variodampf

Darf ein Mann bügeln? Eine Frage, die es öffentlich zu stellen durchaus ein wenig Mut braucht. Ein guter Teil der LeserInnen wird nämlich jetzt – ohne eine Sekunde Verzögerung – antworten: Der Mann darf nicht nur, er muss sogar. Seit der Erfindung des elektrischen Handbügeleisens vor 117 Jahren haben hauptsächlich Frauen gebügelt, nun sollten zur Abwechslung mal 117 Jahre lang die Männer bügeln.

Aber keine Angst, es geht in diesem Text gar nicht um die Gleichbehandlung der Geschlechter und alle damit verbundenen Putz-, Saug- und Spülstreitigkeiten. Wir kommen statt dessen vom deutschen Arbeitsrecht her und fragen erneut in aller Schärfe: Darf ein Mann bügeln?

Er darf. So hat es ein Landesarbeitsgericht entschieden. In dem Prozess war es um einen Bank-Manager mit über 10.000 Mark Monatsgehalt gegangen. Seine Firma wollte ihn anscheinend loswerden und gab ihm deswegen nichts mehr zu tun. Da saß er nun in seinem Büro, der Arme, und sollte bei vollem Lohnausgleich nur noch Löcher in die Luft starren. Das gefiel ihm nicht.

Zunächst las er Zeitung und löste Kreuzworträtsel. Aber irgendwann wusste er im Schlafe, dass eine norddeutsche Stadt mit „I" am Anfang und sieben Buchstaben nur „Itzehoe" sein kann. Und dass als fränkischer Hausflur mit drei Buchstaben nur der „Ern" in Frage kommt.

Danach übte sich der Manager in kleineren Näharbeiten. Er soll dabei nicht ohne Talent gewesen sein. Am Ende brachte er sogar seine Wäsche mit ins Büro und bügelte sie. Wie wir Männer kennen, hatte er sich vermutlich im Fachhandel ein Gerät mit Variodampf und Airglide-Extrasohle aufschwätzen lassen. Die Türe zu seinem Büro blieb offen. Er hatte ja nichts zu verbergen.

Die Bank war der Meinung, die schamlose Bügelei verderbe der restlichen Truppe die Arbeitsmoral. Die Richter aber dachten anders. Wem der Chef nichts zu tun gibt, der darf sich seinen Neigungen entsprechend selbst beschäftigen, erkannten sie. Das funktioniert ohnehin in manchen Behörden schon ganz gut.

Die Betriebsferkelchen

In jeder Firma, und sei sie auch noch so klein, gibt es ein Ferkelchen vom Dienst. Meistens ist es männlichen Geschlechts. Seine wichtigste Aufgabe: die Verbreitung nicht jugendfreier Witze innerhalb der Belegschaft. Und natürlich das Hinausposaunen von Wörtern, die jedem braven Menschen die Schamesröte ins Gesicht treiben.

Manchmal leistet sich ein Unternehmen sogar den Luxus, mehrere Ferkelchen gleichzeitig zu beschäftigen – zum Beispiel eines pro Stockwerk. Oder eines für die Buchhaltung, eines für den Vertrieb und eines für die Produktion. Der große Vorteil daran: Ein durchschnittlicher Unterleibswitz ist bis zu seinem Bestimmungsort nicht mehrere Tage unterwegs, sondern hat binnen weniger Stunden auch die entferntesten Abteilungen erreicht.

Was ein rechtes Betriebsferkelchen ist, das lässt sich den Spaß etwas kosten. Es muss einen erheblichen Teil seines Monatsgehalts an seine Kolleginnen und Kollegen weitergeben. Und zwar in Gestalt diverser Kassen und Sparbüchsen, die für das Aussprechen von Pfui-Wörtern eingerichtet wurden.

Manchmal sind genaue Tarife festgelegt. Eine Mark für eine leichte Sauerei – bis hin zu fünf

Mark für eine Granate. Das Geld wird von einer zuverlässigen Sekretärin gesammelt und irgendwann gemeinsam auf den Kopf gehaut. Gnadenhalber dürfen auch die mitfeiern, die aus Gründen der Einfallslosigkeit oder Anständigkeit niemals etwas einbezahlt haben.

Doch was geschieht, wenn ausgerechnet eines der eifrigsten Ferkelchen die Firma wieder verlässt, bevor der Kasseninhalt in Naturalien verwandelt werden konnte? Muss ihm dann seine Einlage wieder zurück bezahlt werden? Wort für Wort? Oder darf sich der Rest der Belegschaft das Geld unter den Nagel reißen?

Dank eines arbeitsgerichtlichen Grundsatzurteils wissen wir jetzt Bescheid. Der Inhalt solcher Sparbüchsen, Reptilienfonds oder wie sie auch sonst genannt werden, dient einzig dem Verprassen. Er kann nicht von einem Einzelnen eingeklagt werden. Man sollte eben erst dann kündigen, wenn der letzte Pfennig verfuttert ist.

Der Fall ist nicht ohne Tragik. Es steht zu befürchten, dass in Zukunft niemand mehr einen ordinären Witz erzählen mag. Bitte, rettet die Ferkelchen!

Wenn das Volk kündigt

Ein Staatsakt. Der Bundeskanzler empfängt mal wieder irgendeinen König oder Präsidenten. Er beginnt seine Rede mit folgenden Worten: „Ich begrüße Sie herzlich im Namen des deutschen Volkes außer Erwin Kaluppke."

Wie bitte? Nicht wenige Beobachter des Empfangs und natürlich auch der hohe Gast selbst werden sich fragen, wer denn dieser Herr Kaluppke ist und warum er keine schönen Grüße ausrichten lässt.

Erwin Kaluppke war es eines Tages leid, dass auf Flughäfen, Bahnhöfen etc. ständig jemand in seinem Namen willkommen geheißen wurde. Er hat deswegen dem Bundeskanzler eine Postkarte geschrieben, womit er sich darüber beschwerte. Er habe den Präsidenten von Portugal nicht eingeladen, ihm sei auch der Präsident von Neuseeland nebst Volk relativ egal und deswegen solle man ihn bitte bei der Begrüßung ausnehmen.

Zugegeben, das war eine erfundene Geschichte. Aber der Fall ist gar nicht so weit von dem entfernt, was vor kurzem eine Bürgerinitiative gefordert hat. Nämlich den kollektiven Austritt aus dem deutschen Urteilsverkündungswesen. Dazu wurden Unterschriftslisten verteilt. Wer sich auf der Liste einträgt, der verbietet damit der

95

Justiz bis auf weiteres, Urteile „im Namen des Volkes" zu sprechen. Der Richter soll dann jedes Mal dazu sagen, wer nicht dazu gehört.

Das könnte in der Praxis so aussehen: Hiermit ergeht Urteil im Namen des Volkes außer Petra Volkert, Ursula Gruber, Eduard Meyer ... Im Fortgang werden etwa 2000 weitere Namen von Frauen und Männern genannt, die noch mit der Justiz beleidigt sind. Die Urteilsverkündungen werden mehrere Tage in Anspruch nehmen. Richterinnen und Richter werden so heiser sein, dass sie kaum noch ein Wort herausbringen.

Und schließlich wird es einfacher sein, nur diejenigen zu erwähnen, die überhaupt noch mit dem Staat einverstanden sind. Gerichtsurteile werden dann ausschließlich im Namen des Richters, seiner Familie und seiner engsten Freunde gesprochen.

Geister, billig abzugeben

Der beunruhigendste Polizeibericht Deutschlands stammt nicht aus Berlin, Frankfurt oder Hamburg, sondern aus Neumarkt in der Oberpfalz. Wer das nicht glaubt, der muss nur den folgenden Text lesen. Und dann wird auch er sich ein wenig Sorgen machen über die Bewohner dieses Städtchens.

Beispiel eins: Ein Mann ärgerte sich über die Autofahrer, die ständig den Parkplatz vor seinem Haus belegten. Also besorgte er sich auf eigene Faust ein Halteverbotsschild und baute es auf. Von da an herrschte Ruhe. Und so wäre es wohl auch noch heute, wenn der Mann nicht eines Tages einen Fehler begangen hätte. Er stellte sein eigenes Auto in das von ihm geschaffene Halteverbot und wurde dabei von der Polizei erwischt.

Erbost rannte er zur Inspektion und beschwerte sich. Das Verbotsschild gelte ja gar nicht offiziell. Und deswegen dürfe er auch keinen Strafzettel dafür erhalten. Hat er auch nicht. Statt dessen muss er nun mit einem Verfahren wegen Amtsanmaßung rechnen.

Beispiel zwei: Die Neumarkter Polizei wurde mitten in der Nacht alarmiert, weil angeblich eine Alarmanlage in einer Wohngegend ausgelöst worden war. Die Beamten hörten vor Ort tatsächlich aus der Ferne ein Geräusch und machten sich auf die Suche.

Bald hatten sie die Alarmanlage gefunden. Es handelte sich um einen stinknormalen Wecker. Eine Frau hatte das Gerät erst kurz vorher gekauft und falsch programmiert. Nach Mitternacht schrillte der Wecker plötzlich und hörte nicht mehr damit auf. Die Frau war so verzweifelt, dass sie ihn auf den Balkon stellte, um endlich ihre Ruhe zu haben. Die Polizisten waren so freundlich, den Wecker zu entschärfen.

Und nun soll bitte keiner mehr sagen, dass die paar Morde in Berlin etwas Besonderes wären. Schwieriger ist es, in Neumarkt in der Oberpfalz Polizist zu sein.

Die Bibelbombe

Wer noch nie im Leben einen Strafprozess besucht hat, der neigt zu den wüstesten Vorstellungen, was sich dort abspielen könnte. Der denkt vielleicht, dass launische ältere Männer (auch Vorsitzende Richter genannt) im Gerichtssaal herumschreien und niemanden zu Wort kommen lassen. Was soll man dazu sagen? Es stimmt. Zumindest manchmal.

Ansonsten liegen aber die Laien mit ihren Theorien über die Justiz häufig schwer daneben. Das erfuhr auch eine Frau, die am Nürnberger Amtsgericht als Zeugin geladen war. Sie erschien eine Viertelstunde zu früh, platzte mitten in die Sitzung und musste vom Wachtmeister erst einmal auf den Flur bugsiert werden. Auffallend war, dass sie ein riesigen Paket unter dem Arm trug. Hoffentlich keine Bombe?

Als die Frau endlich aufgerufen wurde, d betrat sie den Saal und machte sich nach flüchtiger Begrüßung des Vorsitzenden erst einmal an ihrem Päckchen zu schaffen. Eine halbe Minute später kam ein messingbeschlagenes und schätzungsweise sechs bis sieben Pfund schweres Buch zum Vorschein. Die Nachfrage des Richters ergab, dass es sich dabei um die Familienbibel handelte, auf die die Zeugin nun sämtliche in Frage kommenden Eide zu schwören gedachte.

Sie hatte früher mal einen Spielfilm gesehen, in dem die Hauptdarstellerin unter höchst dramatischen Umständen einen Eid leistete. Mit der Hand auf der Familienbibel. Und genau so wollte sie es jetzt auch. Wozu zahlt man denn sonst Steuern.

Der Richter empfahl ihr, das Erbstück schleunigst zur Seite zu legen. Heutzutage wird kaum noch ein Zeuge vereidigt. Und wenn es denn unbedingt sein muss, dann geschieht es ohne jegliche

Handauflegung auf mitgebrachte oder sich im Staatseigentum befindliche Heilige Schriften.

Rasier- und andere Pinsel

Druckfrisch liegt er vor uns, der Wälzer. Auf 1003 Seiten handelt er so ziemlich alles ab, was für das menschliche Leben wichtig ist. Ein neuer Grass? Der Quelle-Katalog? Nichts von alledem.

Es geht um die angeblich dringend „veröffentlichungsbedürftigen Rechtsakte" der Europäischen Union, die in regelmäßigen Abständen an den Oberlandesgerichten in Umlauf gegeben werden. Bestätigten Gerüchten zu Folge wandert das Ding ebenso jungfräulich, wie es die Reise angetreten hat, auch wieder in der Ablage. Um irgendwann einmal recycelt und zu neuen veröffentlichungsbedürftigen Rechtsakten verarbeitet zu werden, die dann auch wieder keiner liest.

Was steht denn drin in dem Buch? Auf 1003 Seiten nichts anderes als Zolltarife. Aber nicht nur für Allerweltsgegenstände wie Atomkraftwerke oder Spähpanzer, sondern auch für die wirklich wichtigen Dinge. Zum Beispiel ist der Zolltarif für den Import von „ausgehecheltem Menschenhaar" nachzulesen. Da kommt man schon ins Grübeln – und zwar über die Frage, wieso überhaupt jemand beim Grenzübertritt Menschenhaare mit sich führt – die eigenen natürlich ausgenommen. Die gute Nachricht: Jeder darf so viele Haare ausführen, wie er nur mag.

Rasierpinsel dürfen Europas Grenzen nur passieren, wenn zuvor ein Steuersatz von 3,7 Prozent entrichtet wurde. Einfaltspinsel können sich dagegen jederzeit innerhalb der Europäischen Gemeinschaft zollfrei bewegen. Kurz gestutzt haben wir auf Seite 85 des Amtsblattes. Dort werden die Feinheiten beim Export getrockneter Galle festgelegt.

Es gäbe noch vieles zu erwähnen, was in dem Buch zu finden ist: Nichtmenschliche Wesen aus Holz (Seite 740), Hosen aus feinen Tierhaaren (465), Kraftsackpapier (381), Pfeilwurzknollen mit hohem Stärkegehalt (99), Drachen (702), Dost-Stengel (129) und Luftschaukeln (743).

Falls sich demnächst die Zolltarife für halbautomatische Auswuchtmaschinen oder lose geschüttelte Mostbirnen ändern, erstatten wir selbstverständlich sofort Meldung.

Knapp daneben, Herr Anwalt

Was muss das für ein erhebendes Gefühl sein. Da hat man 5967 und ein paar zerquetschte Paragrafen auswendig gelernt. Und endlich darf man die schwarze Anwaltsrobe anziehen. Selbstverständlich wird heimlich zu Hause vor dem Schlafzimmerspiegel geübt, bis der grimmige Gesichtsausdruck stimmt.

Doch grau ist alle Theorie. Das merkt mancher Anwalt, wenn er zum ersten Mal ganz alleine einen Prozess bestreiten soll. Gottseidank beginnen juristische Karrieren in der Regel mit 20-Mark-Bußgeldfällen und nicht mit der Verteidigung von Serienmördern. Denn Patzer bleiben bei der Premiere nicht aus – so wie bei dem folgenden jungen Anwalt.

Er hatte sich, gar nicht dumm, vorher bei erfahrenen Kollegen erkundigt, wie der Prozess am besten zu gewinnen sei. Der Kollege riet ihm, den Richter schon vor der Verhandlung auf dem Flur abzupassen und das wichtigste mit ihm zu klären. Mit diesem guten Vorsatz, leicht wackligen Knien und einer nagelneuen Robe über dem Arm begab sich der Jurist zu seinem ersten Auftritt.

Prompt stand vor der Türe des Sitzungssaales auch schon die Richterin. Der Countdown lief. Achtung, fertig, los. Mit dem Charme eines kurz vor dem Kollaps stehenden Mannes umwarb der Anwalt seine Gesprächspartnerin. Die Frau nickte gelegentlich und schien von seinen juristischen Ansichten durchaus angetan. Der Anwalt sah einem Triumph entgegen.

Als die beiden miteinander fertig waren, da platzte das kleine, gemeine Bömblein. „Ich bin übrigens die Protokollführerin", sagte die Frau in der Robe, „und da vorne kommt die Richterin. Am besten reden Sie mit ihr mal über den Fall."

Psssst auf dem stillen Örtchen

Das stille Örtchen scheint die längste Zeit ein solches gewesen zu sein. Wer sich bisher dorthin zurückzog, der war fast aller Sorgen ledig und musste keine Rücksicht auf das Rechtsempfinden seiner Mitmenschen nehmen. Aber diese Zuflucht ist in großer Gefahr. Vor einem Amtsgericht wurde bereits ein Musterprozess über das korrekte Verhalten auf dem Lokus geführt.

Geräuschempfindliche Nachbarn in einem Mietshaus hatten geklagt. Diesen Leuten – wahrscheinlich mit Ohren wie Mister Spock ausgestattet – ging es jedes Mal durch Mark und Bein, wenn der Nachbar sein kleines Geschäft verrichtete. Geradezu zwangsläufig folgte eine Unterlassungsklage. Dem Mann sollte das

Wasserlassen zwar nicht grundsätzlich verboten werden, aber er sollte künftig einen bestimmten Regelkatalog einhalten. Es war an eine Art Betriebsanweisung gedacht, in welcher Haltung der Klobesuch zu erfolgen hat.

Dem Richter ging das entschieden zu weit. Er erinnerte daran, dass selbst bei hohem Getränkekonsum ein Mensch nur drei- oder höchstens viermal pro Tag seine Blase entleeren muss. Das sei auszuhalten. Vorläufig ist der Fall also ausgestanden. Und Ruhe ist nur außerhalb des stillen Örtchens erste Bürgerpflicht.

Stuck around the clock

Alle mal herhören! Herr P. aus Erlangen wünscht sich dringend einen neuen Schallplattenspieler.

Das wäre, selbst unter Freunden, noch nichts, was auf kostbaren 49 Druckzeilen vermeldet werden müsste. Schließlich wünscht sich jeder von uns mal etwas. Das besondere an Herrn P.: Er wünscht sich den Schallplattenspieler von seiner Heimatstadt. Und weil ihm der Oberbürgermeister den kleinen Freundschaftsdienst nicht erweisen will, hat der Mann gleich die ganze Stadt vor dem Amtsgericht verklagt.

Die Begründung des Herrn P.: An seinem Haus fahren täglich 1200 Omnibusse vorbei. Es können auch drei mehr oder weniger sein. Jedenfalls brummt es aus allen Himmelsrichtungen. Und immer wieder, so kommt der Kläger zum entscheidenden Punkt, hüpft wegen der Erschütterung die Nadel des Plattenspielers hoch. Ein Unterschied zwischen Musikantenstadel und Salzburger Festspielklängen sei in solchen Momenten für den Zuhörer kaum noch zu erkennen.

Völlig frustriert hat der Mann festgestellt, dass ein störungsfreier Musikgenuss für ihn nur zwischen Mitternacht und vier Uhr morgens möglich ist, dann fährt nämlich kein Bus – und statt der Linie 42, 38 oder 59 gestaltet Herr P. persönlich das musikalische Programm. Der Nachteil: Um diese Zeit sind auch Nachbarn für Hausmusik nicht mehr uneingeschränkt zu begeistern.

Gründlich, wie Herr P. nun mal ist, bringt er dem Richter zur Beweisaufnahme Anschauungsmaterial mit. Eine Plastiktüte mit Stuck. Wegen der vielen Omnibusse, so erklärt er, falle ihm immer wieder die Decke auf den Kopf. Oder zumindest ein Stückchen davon. Statt Rock around the clock kann er Stuck around the clock genießen.

Sollte der Kläger am Ende des Prozesses einen neuen Plattenspieler zugesprochen bekommen, dann werden sich bald auch andere Nachbarn bei der Stadtverwaltung melden: Frau U., deren Küchenquirl neuerdings so komisch rattert. Herr K., dessen Wasserbett wegen des Busverkehrs in etwa einen Seegang der Stärke zehn verzeichnet. Erlangen wird bald eine arme Stadt sein. Auch nicht schlecht. Dann kann sich bald niemand mehr das Busfahren leisten und Herr P. wird ohne Schallplattenspielernadelgehopse seine Musik hören.

Juristen mit Hörnern

Seit die Anwälte nahezu ungeniert Werbung treiben dürfen, sind sie vom Metzger nebenan kaum noch zu unterscheiden. Hier wird die feine Leberwurst nach Art des Hauses angeboten, dort der feine Schriftsatz nach Art des Hauses. Gegen Aufpreis liefern sowohl Metzger als auch Anwalt extragrobe Leberwurst bzw. extragrobe Schriftsätze.

Der Berufsstand hat aber lange noch nicht alle Werbemöglichkeiten ausgeschöpft. So wäre es durchaus vorstellbar, dass ein Anwalt demnächst sein Konterfei auf einen Luftballon drucken und darunter schreiben lässt „Ich bringe Ihren Prozess garantiert zum Platzen".

Vergleichweise harmlos nimmt es sich dagegen aus, wenn in ganz Deutschland plötzlich die vom

Reklamewahn befallenen Anwälte auf ihre Briefbögen und auf das Kanzleischild ein Tier malen lassen. Meistens handelt es sich dabei um eine Eule, die uns Mandanten-Dummerles vermitteln soll, wie schlau der Anwalt ist. Faultiere und Pleitegeier werden dagegen sehr selten als Wappentiere verwendet. Viel lieber ist den Juristen da schon ein andalusischer Stier. Die Kundschaft sollte daraus wohl eine besondere Kampfeslust herauslesen. Gereizt wurden aber bisher im wesentlichen nur die anderen Anwälte, die ihren Kollegen anschwärzten. Das Gericht entschied im Prozess, dass der Stier verschwinden muss, weil er ein Verstoß gegen die guten Sitten ist.

Der Schriftsatz des Jahres

Unter strikter Geheimhaltung erfuhren wir vor kurzem von einem Schriftsatz, den ein Rechtsanwalt aus Mittelfranken nicht nur verfasst, sondern bei mutmaßlich voller Zurechnungsfähigkeit auch noch an die Justiz weitergeleitet hat. Es ging darin um die angeblich dringend erforderliche Freilassung eines Mandanten aus der U-Haft.

Nach einigem juristischen hin und her kommt der Rechtsanwalt zum entscheidenden Punkt. Er schreibt: „Ich selbst benötige Herrn ... dringend zur Reinigung meiner Dachrinne." Man liest den Satz einmal, man liest ihn zweimal. Man schaut auf den Kalender, ob vielleicht gerade der 1.April ist. Man lässt sich kurz psychiatrisch untersuchen. Aber der Satz steht immer noch da. Es geht sogar noch weiter: Der Anwalt teilt mit, der Häftling sei ein solch langer Lulatsch, dass er für die Aufgabe der Dachreinigung wie kaum ein anderer geeignet sei.

Wir schwören: Das ist der absolut überzeugendste Grund, der jemals genannt wurde, um jemanden aus der U-Haft zu entlassen. Wären wir auch nur ansatzweise so etwas wie ein Staatsanwalt, wir würden sofort dafür sorgen, dass der Mandant seine Fingerchen in des Anwalts Rinne hat. Schließlich soll man Menschen helfen, die einen Schaden an ihrem Dach haben.

Auch an den kritischen Tagen

Der Mensch ist ein rätselhaftes Wesen. Wer das nicht glaubt, der sollte öfter mal in den Tagesberichten der Polizei nachlesen. Wir haben dort folgenden Satz entdeckt: „Gegen 8.00 Uhr erschien ein 35-jähriger Mann bei der Polizeiinspektion. Er wollte wissen, ob etwas gegen ihn vorliege."

Eine nachahmenswerte Idee. Jeder von uns sollte gelegentlich einen Sicherheitscheck bei der Polizei machen lassen. Kurze Frage: „Liegt was vor?" Schnelle Antwort: „Nein." Man fühlt sich dann einfach wohler, besonders an den kritischen Tagen

Letzte Worte vor Gericht

Wie sieht das Leben eines Strafverteidigers aus? Morgens, kaum dem Bette entstiegen, wirft er sich mit Schwung die Robe über die Schultern. Wenn er nicht bereits darin übernachtet hat. Dann plädiert der Herr Anwalt vor dem Mittagessen ein wenig in der Gegend herum und peinigt ein halbes Dutzend Amtsrichter bis aufs Blut. Am Nachmittag wird er nur äußerst ungern gestört, weil er Kontoauszüge sortieren und in Geldscheinen baden muss.

Weniger schön ist die Tatsache, dass dem Anwalt gelegentlich auch ungelernte Kräfte (Mandanten genannt) ins Handwerk pfuschen. Da kann man noch so elegante Verteidigungsstrategien entwerfen. Wenn sich der Angeklagte erdreistet, am Ende eines Prozesses selbst den Mund aufzumachen, dann ist auf einen Schlag alles verloren.

Sitzung des Landgerichts Nürnberg-Fürth. Drei Mitglieder einer Einbrecherbande stehen vor dem

109

Kadi. Zwei von ihnen haben ein Geständnis abgelegt, der Dritte nicht. Bis zuletzt ist dieser Mann dabei geblieben, dass er niemals etwas mit dem Fall zu tun hatte. Es kommt zu den Schlussworten der Angeklagten, bevor sich das Gericht zur Beratung zurückzieht.

Angeklagter eins steht auf: „Ich bereue meine Tat und bitte um eine milde Strafe." Angeklagter zwei: „Ich bereue meine Tat und bitte um eine milde Strafe." Nun folgt Nummer drei, der Unschuldige. Und was sagt er? Natürlich: „Ich bereue meine Tat und bitte um eine milde Strafe." Der Richter lächelt, der Anwalt steht kurz vor einem Herzinfarkt und schreit dazwischen. „So war das nicht gemeint, Herr Vorsitzender. Mein Mandant wollte eigentlich..." Aber das hilft jetzt auch nicht mehr.

Lirum, larum, Lösung:

Es gibt fast alles in Deutschland, aber noch keine
Laternenabstandsrichtlinie (LatAbRichtl). Mögli‐
cherweise arbeitet in irgendeinem Ministerium
bereits ein Referent daran. Wenn es einmal so weit
ist, dann bitte eigenhändig den Text dieser
Richtlinie hier nachtragen und auswendig lernen:

....

....

....

....

....

....

....

....

....

....

....